KB126975

도련님

도련님

1판 1쇄 인쇄 2013년 5월 15일
1판 1쇄 펴냄 2013년 5월 22일

지은이 나쓰메 소세키
옮긴이 손수정
펴낸이 정해운
편집 이희은 | **관리** 김홍희 | **마케팅** 김남권 | **디자인** Design Group All
표지그림 우타가와 히로시게, '가메이도의 매화' | **제공처** 유로크레온

펴낸곳 가교출판
등록일 1993년 5월 20일
주소 서울 성북구 성북동 131-7 401호
전화 02-762-0598~9 | **팩스** 02-765-9132
전자우편 gagiobook@hanmail.net
홈페이지 http://가교출판사.kr

©가교출판 2013 Printed in Korea

ISBN 978-89-7777-223-6 43830
값 11,000원

· 이 책은 저작권법에 따라 보호받는 저작물이므로 무단 전재와 무단 복제를 금합니다.
· 잘못된 책은 바꾸어 드립니다.

책과 마음을 잇겠습니다 | 가교출판

나쓰메 소세키 | 손수정 옮김

가교출판

부모로부터 물려받은 무모한 성격 때문에 어릴 적부터 손해만 봤다. 초등학교 무렵 학교 2층에서 뛰어내려 일주일 정도 허리를 삐어 일어나지 못한 적이 있다. 왜 그런 무식한 짓을 했냐는 사람이 있을지도 모른다. 대단한 이유랄 것도 없다. 신축 건물 2층에서 고개를 내밀고 있는데 동급생 한 명이 "아무리 큰소리쳐봤자 거기에서 뛰어내릴 수는 없을걸, 이 겁쟁이야" 하고 자꾸만 놀려댔기 때문이다. 사환에게 업혀온 걸 보고 눈이 휘둥그레진 아버지가 2층에서 뛰어내려 허리를 다치는 녀석이 어디 있냐고 야단을 치길래 다음부터는 조심해서 뛰어내리겠다고 대답했다.

친척이 준 외제 칼을 햇빛에 비추며 아름다운 칼날을 친구들에게 자랑하고 있는데, 친구 하나가 번쩍거리기만 했지 잘리지도 않겠다고 비아냥거렸다. 그럴 리가 없다, 뭐든 잘라보겠다고 장담했다.

"그러면 네 손가락을 잘라봐."

"뭐라고? 손가락 정도야 식은 죽 먹기지."

나는 보란 듯 오른손 엄지손가락을 비스듬히 그었다. 다행히 칼이 작고 엄지손가락은 단단해서 아직 엄지손가락은 손에 붙어 있다. 하지만 흉터는 죽을 때까지 남을 것이다.

마당에서 동쪽으로 스무 발자국 정도 가면 남쪽 위로 아주 작은 채소밭이 있고, 그 가운데 밤나무가 하나 서 있다. 내 목숨과 맞바꿔도 좋을 만큼 소중한 밤나무이다. 아람이 벌어질 무렵에는 눈을 뜨자마자 뒷문을 빠져나가 떨어진 밤알을 주워 학교에 가져가 먹곤 했다. 채소밭의 서쪽은 '야마시로야'라는 전당포의 마당과 이어져 있었는데, 이 집에 '간타로'라는 열서너 살쯤 된 아들이 있었다. 간타로는 겁쟁이다. 겁쟁이 주제에 대울타리를 넘어 밤을 훔치러 오곤 했다.

어느 날 저녁 쪽문 뒤에 몰래 숨어 있다가 간타로를 잡았다. 간타로는 도망갈 곳이 없자 에라, 모르겠다 하고 죽을힘을 다해 덤벼들었다. 나보다 두 살가량 나이가 많아 겁쟁이이긴 해도 힘이 셌다. 간타로가 넓적한 머리통을 내 가슴팍에 대고 힘차게 밀어대는 통에 녀석의 머리가 미끄러져 내 옷소매 안으로 들어왔다. 손을 쓸 수가 없어 무작정 팔을 흔들어댔더니 소매 안에 있는 간타로의 머리통이 좌우로 흔들렸다. 자기도 괴로운지 소매 안에서 내 팔을 물고 늘어졌다. 너무 아파서 간타로를 담 쪽으로 밀어붙이고는 발을 걸어 담 너머로

쓰러뜨려 버렸다. 야마시로야 쪽 마당은 우리 채소밭보다 2미터가 낮다. 간타로는 대울타리를 반쯤 뭉개며 자기네 집 마당으로 나동그라졌다. 간타로가 떨어져나가자 갑자기 팔이 자유로워졌다. 내 한쪽 소매도 같이 뜯겨나간 것이다. 그날 밤 어머니는 야마시로야에 사과하러 갔다가 내 한쪽 소매도 찾아왔다.

이 밖에도 내가 부린 말썽을 이야기하자면 끝이 없다. 목수집 가네코와 생선가게의 가쿠와 함께 모사쿠네 당근 밭을 망쳐놓은 적도 있다. 싹이 제대로 나지 않은 곳을 볏짚으로 덮어 놓았는데 그 위에서 셋이 반나절 동안 씨름을 했더니 당근이 전부 뭉개져버렸다. 후루카와의 논에 물을 대는 우물을 막아버리는 바람에 된통 혼난 적도 있다. 굵은 죽순대를 땅속 깊이 박아두었다가 뽑으면 거기에서 물이 솟아나 벼에 물을 뿌리는 장치였다. 당시에는 무슨 장치인지 모르니까 돌이나 막대기 같은 것을 우물에 꽉꽉 밀어 넣고는 더 이상 물이 나오지 않는 것을 확인하고 집에 와서 태연히 밥을 먹었다. 그랬더니 후루카와가 얼굴이 벌게져서 씩씩거리며 오는 게 아닌가. 아마 변상을 하고 일단락된 것 같다.

아버지는 전혀 나를 예뻐하지 않았고 엄마는 형만 싸고 돌았다. 형은 얼굴이 하얗고 여장배우의 연기를 흉내 내는 걸 좋아했다. 아버지는 나를 볼 때마다 "어차피 제대로 되기는 글러먹은 녀석"이라며 혀를 끌끌 찼다. 어머니는 "저렇게 망나니처럼 날뛰니 장래가 어찌될지 걱정이야"라고 했다. 아닌 게 아니라 변변한 놈이 되기는 글렀다. 보시는 바와 같이 요 모양 요 꼴이니 장래가 걱정되는 것도 무리는 아니다. 감옥에 안 간 게 다행이지.

어머니가 병으로 돌아가시기 이삼일 전, 부엌에서 재주넘기를 하다가 부뚜막 모서리에 갈비뼈를 찧고 너무 아파 호들갑을 떨다가 크게 혼이 났다. 어머니가 "너 같은 건 꼴도 보기 싫다"고 노발대발하길래 잠시 친척집으로 갔는데, 돌아가셨다는 연락이 왔다. 그렇게 빨리 돌아가실 줄은 몰랐다. 좀 더 일찍 알았더라면 얌전하게 지낼 걸 그랬다고 후회하며 집에 갔더니, 형이 날 보고 악담을 퍼붓는다.

"이 불효자, 너 때문에 어머니가 돌아가신 거야."

분하고 억울한 나머지 형의 따귀를 후려갈겼다가 또 호되게 야단맞았다.

어머니가 돌아가시고 나서는 아버지와 형, 나 이렇게 셋이 살았다. 아버지는 하는 일 없이 빈둥거리면서 내 얼굴만 보면 "틀려먹었다"고 입버릇처럼 말했다. 뭐가 틀려먹었다는 건지 지금도 모르겠다. 참 이상한 아버지다. 형은 사업을 하겠다나 어쨌다나 영어공부에 열을 올렸다. 여자 같은 성격에 약삭빠른 형과는 사이가 좋지 않아 열흘에 한 번꼴로 싸웠다. 어느 날 장기를 두는데 비겁하게 묶어두기(상대편 궁의 퇴로를 막기 위해 자기 말을 미리 그 자리에 둠)를 하고는 내가 어쩔 줄 몰라 하는 게 기분이 좋은지 비아냥거렸다. 나는 화가 머리끝까지 나서 들고 있던 말을 형의 얼굴에 내동댕이쳐버렸다. 형은 미간이 깨져 피가 좀 났는데 그걸 또 쪼르르 달려가 일러바치는 통에 아버지가 부모자식 간의 연을 끊겠다고 펄펄 뛰었다.

'뭐, 별수 있나' 단념하고 연이 끊긴 셈치고 있었다. 그런데 십 년째 부리고 있는 '기요'라는 하녀가 아버지께 울면서 용서를 빈 덕에 간신히 아버지의 화가 풀렸다. 그러거나 말거나 아버지가 별로 무섭지는 않았다. 오히려 이 기요라는 하녀가 딱하다는 생각이 들었다. 이 하녀는 원래 유서 있는 집안의 사람이었으나 도쿠가와 막부가 붕괴될 때 몰락해 그만 남의집살이를 하는 지경에 이르렀다고 한다. 그러니까 할머니다.

이 할멈이 무슨 인연인지 나를 아주 예뻐했다. 이상한 일이 아닐 수 없다. 어머니는 저세상 가기 사흘 전에 정나미가 뚝 떨어졌지, 아버지는 늘 나 때문에 골치를 앓고 있지, 마을에서도 난봉꾼에 악동으로 손가락질받고 있는데 이런 나를 덮어놓고 애지중지하는 것이었다. 나는 아무래도 사랑받을 체질이 아니라고 포기하고 있었기 때문에 사람들에게 천대받는 것쯤 아무렇지 않았다. 오히려 기요가 오냐오냐하는 게 미심쩍었다. 기요는 가끔가다 부엌에 사람이 없는 틈을 타 "도련님은 반듯하고 선량한 분이세요"라고 칭찬을 했다. 그러나 나는 도무지 기요의 말을 납득할 수가 없었다. 내가 선량한 사람이라면 기요 말고 다른 사람들도 좀 더 나에게 잘해줘야 하는 것 아닌가.

기요가 이런 말을 할 때마다 나는 입에 발린 소리는 싫다고 답하는 게 일상이었다. 그러면 할멈은 "그러니까 선량하다는 겁니다" 하고는 흐뭇하게 내 얼굴을 쳐다보았다. 자기 멋대로 내 모습을 지어내고는 자랑스러워하는 것 같아 조금 기분이 언짢았다.

어머니가 돌아가시자 기요는 기다렸다는 듯 내게 정을 쏟기 시작했다. 때로는 어린 마음에 왜 저렇게 나를 예뻐하는 건지 의아했다. '재미없으니 이제 그만 좀 하지?' 하는 생각이 들 때도 있었다. 가엾은 기요. 그래도 기요는 여전히 나를 예뻐했다. 가끔 자기 용돈으로 긴츠바(팥이 들어 있는 화과자의 일종)나 고바이야키(매화 모양의 전병) 같은 과자를 사왔다. 추운 겨울 같은 때에는 몰래 메밀가루를 사 두었다가 메밀 죽을 쑤어 자고 있는 머리맡에 갖다놓기도 했다. 어쩔 땐 냄비우동까지 사줬다.

먹을 것만이 아니었다. 양말도 받고, 연필과 공책도 받았다. 아주 나중 일이긴 하지만 3엔 정도 돈을 빌린 적도 있다. 빌려달라고 말한 적도 없는데, 자기가 직접 내 방으로 와서는 용돈이 없어 곤란할 테니 쓰라며 준 것이다. 나는 물론 필요 없다고 했지만 꼭 쓰시라고 애원하니까 마지못해 받아둔 것이다. 내심 기분이 아주 좋았다. 그런데 3엔을 동전지갑에 넣어 품안에 넣자마자 변소로 달려갔다가 그만 똥통에 풍덩 빠뜨리고 말았다. 하는 수 없이 무거운 걸음으로 나와 기요에게 실은 일이 이렇게 되었다고 자초지종을 말했더니, 기요는 그길로 당장 대나무 막대기를 구해와서 "제가 건져드리겠습니다" 하고 변소로 달려갔다. 잠시 후 우물가에서 좌악좌악 하는 소리가 들려 나가보니 막대기 끝에 동전지갑의 끈을 걸어 물로 씻고 있었다. 지갑을 열어 1엔짜리 지폐를 살펴보니 색은 누렇고 그림도 흐릿했다. 기요는 화로에 지폐를 말려 갖고 와서는 "이걸로 되셨지요?" 하며 돈을 내밀었다. 냄새를 맡아보고 구린내가 난다고 했더니 "그러면 다시 주시지요, 바꿔가지고 오겠습니다" 하고는 나갔다. 좀 있다가 어디서 어떻게 했는지 지폐 대신 은화로 3엔을 가져왔다. 그 3엔을 어디다 썼는지는 잊어버리고 말았다. 당장 돌려주겠다고 큰소리치고는 갚지 않았다. 이제는 열 배로 돌려주고 싶어도 그럴 수가 없다.

기요는 반드시 주변을 살펴 아버지와 형이 없는 것을 확인하고서야 뭔가를 주었다. 나는 다른 사람들 몰래 나만 득을 보는 게 제일 싫다. 물론 형과는 사이가 별로 안 좋았지만 형에게 숨기고 기요에게 과자와 색연필을 받고 싶지는 않았다. 궁금한 마음에 이렇게 물어본 적이 있다.

"왜 나만 챙겨주는 거지? 형도 있잖아."

그러자 기요는 새치름한 얼굴로 답했다.

"형님은 아버님이 사주시니까요."

이것은 불공평한 일이다. 아버지는 완고하지만 한쪽 편만 드는 분은 아니다. 다만 기요 입장에서는 그렇게 보일 수도 있겠다. 나에 대한 애정에 두 눈이 먼 것이다. 아무리 지체 높은 집안에서 태어났다고 해도 못 배운 사람은 별수 없다. 이뿐이라면 모르겠지만, 기요의 편애는 무서울 정도였다. 기요는 내가 장래에 입신출세하여 훌륭한 인물이 될 거라고 굳게 믿었지만, 공부하는 형은 피부만 하얗고 도저히 도움이 안 된다고 단정지어버렸다. 이런 할멈에게 당할 재간이 있겠는가. 자기가 좋아하는 사람은 반드시 훌륭한 인물이 되고, 싫어하는 사람은 반드시 망할 것이라 믿는데.

나는 그때도 별반 뭐가 되겠다는 생각이 없었다. 그래도 기요가 된다, 된다 하니까 역시 뭐가 되긴 될 모양이라고 생각했다. 지금 생각하면 바보 같지만. 언젠가는 기요에게 "나는 어떤 사람이 될 것 같아?" 하고 물어본 적이 있다. 그랬더니 자신도 딱히 이렇다 할 생각은 없었던 모양이다.

"도련님은 분명 개인 소유의 인력거를 타고 다니며 으리으리한 대문이 있는 집에서 살게 되실 거예요."

게다가 기요는 내가 집이라도 생겨 독립하면 자신도 함께 살 생각을 하고 있었다. 부디 자신도 데려가 달라고 몇 번이나 거듭해서 부탁했다. 나도 왠지 모르게 집이 생길 것 같은 기분에 "그래, 그렇게 하지"라고 대답했다. 그런데 할멈은 상상력이 꽤나 풍부한 여자로 제멋대로 상상의 나래를 펼쳤다.

"도련님은 어디가 좋으십니까? 고지마치가 나을까요? 아자부가 나을까요? 마당에는 그네를 놓고, 서양식 방은 하나면 충분하겠지요."

당시엔 집 같은 건 갖고 싶기는커녕 관심도 없었다. 나는 서양식 집이든 일본식 집이든 전혀 쓸 일이 없으니 갖고 싶은 마음도 없다고 대답하기 일쑤였다. 그러면 도련님은 욕심이 없고 마음씨가 곱다고 또 칭찬이다. 기요는 입만 열었다 하면 칭찬이다.

어머니가 돌아가신 후 한 오륙 년은 이 상태로 지냈다. 아버지께 야단맞고 형과는 싸웠다. 기요에게는 과자를 얻어먹거나 칭찬을 들었다. 달리 원하는 것도 없었기에 이 상태로 충분하다고 생각했다. 다른 아이들도 뭐 다 이렇겠지 여겼다. 그런데 기요가 무슨 일이 있을 때마다 덮어놓고 "불쌍한 우리 도련님, 박복하기도 하지" 하고 우는 소리를 하니까 그럼 나는 불쌍하고 박복한 모양이라고 생각했다. 그 밖에 특별히 걱정스러운 일은 없었지만 아버지가 용돈을 주지 않는 게 좀 곤란하긴 했다.

어머니가 돌아가시고 여섯 번째 맞는 설에 아버지도 뇌졸중으로 세상을 떠났다. 그해 4월 나는 어느 사립중학교를 졸업했다. 6월에 상업전문학교를 졸업한 형은 어느 회사의 규슈 지점에 자리가 나 그곳으로 가게 되었고, 나는 도쿄에서 공부를 더 해야 하는 상황이었다. 집을 팔고 재산을 정리해 부임지로 떠나겠다는 형에게 나는 알아서 하라고 대답했다. 어차피 형에게 짐이 될 생각은 눈곱만큼도 없었다. 신세를 져봤자 싸움만 하다가 언짢은 소리를 들을 게 뻔했다. 어설프게 도움을 받다가는 형에게 머리를 조아리는 신세가 된다. 차라리 우유배달을 해 먹고사는 게 낫지. 형은 고물상을 불러 선조 대대로 물려받은 잡동사니를 헐값에 처분했다. 집과 땅은 어떤 사람의 주선으로 재산가에게 양도했는데, 아마 상당히 돈이 되었겠지만 자세한 건 아는 바가 없다.

나는 한 달 전부터 앞날의 방향이 잡힐 때까지 간다의 오가와마치에서 하숙을 하고 있었다. 기요는 십 몇 년을 있던 집이 남의 수중에 넘어가는 것을 매우 안타깝게 여겼으나, 남의 집이니 어쩔 도리가 없었다. 도련님이 좀 더 컸더라면 상속받을 수 있었을 거라며 틈만 나면 하소연을 해댔다. 커서 상속받을 수 있는 집이라면 지금이라고 안 될 리가 있겠는가. 할멈은 아무것도 모르니까 좀 더 나이가 많았더라면 형의 집을 받을 수 있었을 거라 믿는다.

형과 나는 이렇게 헤어졌지만 기요의 거처가 문제였다. 형은 데려갈 처지가 아니었거니와 기요도 형의 꽁무니를 좇아 규슈 변방까지 갈 생각은 털끝만큼도 없었다. 당시 나는 다다미 넉 장 반의 하숙집에 틀어박혀 있었는데 그마저 만일의 경우 당장 비워줘야 하는 처지였다. 어떻게 해야 좋을지 몰라서 기요에게 어디 남의집살이라도 할 셈인지 물었더니 간신히 결심한 듯 말했다.

"도련님이 집을 마련하고 아내를 얻을 때까지는 어쩔 수 없으니 조카의 신세라도 지겠습니다."

재판소의 서기인 조카는 일단 먹고사는 데 별 지장이 없으니 지금이라도 마음이 내키면 들어와 사는 게 어떻겠냐고 그동안 몇 번이나 권했다고 한다. 그런데 기요가 설사 하녀 노릇을 하는 한이 있어도 오랫동안 살아온 정든 집이 좋다고 거절했던 것이다. 아마 지금 같은 경우는 모르는 집에 얹혀살며 쓸데없이 눈치를 보는 것보다야 조카의 신세를 지는 게 나을 거라 생각한 모양이다. 그러면서도 빨리 집을 사라, 아내를 맞아라, 그러면 당장 달려와 시중을 들겠다며 말이 많았다. 혈육인 조카보다 피 한 방울 안 섞인 내가 더 좋았던 것일까.

규슈로 떠나기 이틀 전 형이 하숙집으로 찾아왔다. 장사를 하든 공부를 하든 하고 싶은 걸 하라며 600엔을 내놓았다. 대신 나중 일은 신경 쓰지 않겠다는 것이다. 형에게도 이런 면이 있었나? 600엔이야 받아도 그만, 안 받아도 그만이었지만 형답지 않은 깔끔한 처사가 마음에 들어서 고맙다고 받아두었다. 그리고 형은 말이 나온 김에 기요에게 전해주라며 50엔을 건넸다. 물론 순순히 받았다. 이틀이 지나 신바시 정거장에서 헤어진 뒤 형과는 한 번도 만나지 않았다.

나는 잠자리에 들면서 600엔을 어디다 쓸지 궁리했다. 장사를 하자니 원체 게으른 성격이라 잘할 자신도 없고, 고작 600엔에 장사다운 장사를 할 수 있을 것 같지도 않았다. 설령 할 수 있다고 해도 지금 같은 상태로는 어디 가서 배운 사람이라고 내세울 수도 없는 처지이니 해봤자 득이 될 게 하나도 없다. 자본금 따위 알 게 뭐야, 공부나 하자고 마음을 다잡았다. 600엔을 삼등분해서 1년에 200엔씩 사용하면 3년간 공부할 수 있다. 3년 동안 죽을힘을 다해 노력하면 뭐가 돼도 될 것이다.

공부를 하기로 했으니 어떤 학교에 들어갈지 정해야 했는데 본디 공부에 취미가 없다는 데 생각이 미쳤다. 특히 어학이나 문학 같은 건 딱 질색이다. 신체시로 말할 것 같으면 스무 행 중 한 줄도 못 외운다. 어차피 싫어하는 거라면 뭘 해도 마찬가지겠거니 생각하며 걷다가 우연히 물리전문학교 앞을 지나게 되었다. 때마침 학생모집 공고가 붙어 있어 이것도 인연이다 싶어서 서류를 받아 바로 입학수속을 밟아버렸다. 지금 생각하면 이것도 부모에게서 물려받은 막무가내 기질이 낳은 실수였다.

3년 동안 그럭저럭 남들만큼 공부했지만 원체 공부에 취미가 없던 터라 성적은 늘 뒤에서 세는 게 빨랐다. 그런데도 3년을 채우니 졸업이 다가왔다. 스스로도 의아하긴 했지만 졸업시켜주는 게 불평할 일은 아니어서 얌전하게 졸업장을 받았다.

졸업한 지 여드레가 지나 교장이 호출을 했다. 무슨 일인가 싶어 찾아갔더니 시코쿠에 있는 한 중학교에서 수학교사가 필요한데 월급은 40엔이다, 혹시 갈 생각이 있냐는 것이었다. 사실 3년 동안 공부를 하긴 했지만 교사가 되겠다거나 시골에 가겠다는 생각을 해본 적이 없다. 그렇다고 딱히 하고 싶은 게 있었던 것도 아니어서 바로 가겠다고 했다. 이 또한 앞뒤 안 가리고 덤비는 성격이 화근이었다.

가겠다고 했으니 가야 한다. 3년간 이 좁은 다다미방에 기거하며 싫은 소리 한 번 들은 적이 없다. 싸움도 안 하고 얌전하게 지냈으니 내 인생 전체를 통틀어 비교적 평탄한 시절이었다. 이제는 이 방도 비워줘야 한다. 살면서 도쿄를 벗어난 것은 동급생과 함께 가마쿠라로 놀러갔을 때뿐이다. 이번엔 가마쿠라 정도가 아니고 아주 먼 곳으로 가야 한다. 지도를 펼쳐보니 부임지는 바늘구멍만 한 바닷가 마을이다. 어떤 마을인지 어떤 사람들이 살고 있는지 전혀 모른다. 그렇다고 곤란하거나 걱정이 되지는 않는다. 그냥 가면 되지, 좀 귀찮긴 하지만.

집을 정리하고 나서도 가끔 기요를 찾아갔다. 기요의 조카는 의외로 좋은 사람으로 내가 놀러갈 때마다 여러모로 신경을 써주었다. 기요는 나를 앞에 두고 조카에게 내 자랑을 하기 바빴다. 이제 학교를 졸업하면 고지마치에 저택을 살 거라는 둥 관청에 다닐 거라는 둥 허풍을 떨기도 했다. 자기 멋대로 정한 걸 자기 혼자 떠들어댔기 때문에 나는 난처해서 얼굴이 빨개졌다. 그것도 한두 번이면 말을 안 한다. 가끔 내가 어릴 때 자다가 오줌 싼 이야기까지 꺼내는 데는 두 손 두 발 다 들었다. 조카가 기요의 자랑을 들으며 무슨 생각을 했을지. 기요는 옛날 여자라 자신과 나의 관계를 봉건시대의 주종관계처럼 여겼다. 자신의 주인이라면 조카에게도 주인이 되는 거라고 믿었던 모양이다. 조카의 꼴이 우습게 되었다.

드디어 출발 날짜가 잡혔다. 떠나기 사흘 전에 기요를 찾아갔더니 감기에 걸려 북향으로 난 다다미 석 장 방에 누워 있었다. 나를 보고 일어나 앉기가 무섭게 "도련님, 집은 언제 장만하시나요?" 하고 묻는다. 졸업만 하면 돈이 자연히 주머니 안에서 솟아나오는 줄 안다. 그렇게 잘난 사람이라면 왜 아직도 도련님이라고 부르며 애 취급 하는 것인지 어이가 없다.

내가 당분간 집 장만은 어렵다, 시골로 간다고 간단하게 답했더니 실망한 기색이 역력했다. 희끗희끗한 귀밑털을 자꾸만 어루만지는 꼴이 너무 안쓰러워서 "가기야 하겠지만 곧 돌아올 거야. 내년 여름휴가에는 꼭 돌아올게" 하고 위로했다. 그런데도 안색이 안 좋아서 "선물로 뭘 사다줄까? 뭐가 좋겠어?" 하고 물어봤더니 "에치고(지금의 니가타 현)의 댓잎 엿(엿을 대나무잎으로 싼 니가타 현의 명물)이 먹고 싶다"고 했다. 에치고의 댓잎 엿 같은 건 들어본 적도 없다. 우선 내가 갈 곳과 방향이 다르다. 내가 가는 시골에 댓잎 엿은 없을 것 같다고 하자 "그렇다면 어느 쪽으로 가십니까?" 하고 반문했다. "서쪽"이라고 하자 "하코네를 조금 더 가서입니까, 못 미쳐서입니까?"라고 묻는다. 정말 난처했다.

출발 당일에는 아침부터 와서 이것저것 거들었다. 오는 길에 잡화점에 들러 사온 치약과 칫솔과 수건을 가방에 넣어주었다. 필요 없다고 사양해도 막무가내다. 같이 인력거를 타고 역에 도착해 기차에 올랐다. 기요는 플랫폼에 서서 기차에 오른 내 얼굴을 물끄러미 바라보며 "이제 작별인사를 해야 될 때가 된 것 같습니다. 안녕히 가세요"라고 작은 소리로 말했다. 눈에 눈물이 가득 고여 있다. 나는 울지 않았지만 좀 더 있으면 눈물이 날 것 같았다. 기차가 꽤 움직이고 나서 이제 괜찮겠지 싶어 창문으로 머리를 내밀어 플랫폼을 쳐다보니 여전히 기요가 서 있었다. 왠지 굉장히 작아 보였다.

부우 하고 증기선이 멈추자 거룻배 한 척이 부둣가에서 이쪽으로 다가온다. 뱃사공은 발가벗은 몸에 빨간 훈도시(남자의 음부를 가리는 좁고 긴 천) 하나만 걸치고 있다. 야만인 같으니라고. 하기야 이런 더위에 기모노를 입을 순 없겠지. 강렬한 태양 빛에 바닷물이 유난히 번쩍거려 보고 있는 것만으로도 눈앞이 아찔하다. 승무원에게 물어보니 여기가 내가 내릴 곳이라 한다. 언뜻 보기에 오모리 해변 정도 되는 어촌이다.

'사람을 바보 취급해도 유분수지, 나더러 이런 곳에서 살라고?'

어이가 없었지만 이제와 후회해봤자 소용없다. 기세 좋게 제일 먼저 거룻배로 뛰어내리자 뒤이어 대여섯 명이 따라 탔다. 빨간 훈도시는 큰 궤짝을 네 개 정도 싣고 나서야 노를 젓기 시작했다. 나는 뭍에 도착해서도 맨 먼저 뛰어내렸다. 다짜고짜 옆에 서 있던 코흘리개를 붙잡고 중학교가 어딘지 물었다. 꼬맹이는 꺼벙한 표정으로 "모르는디" 하고 대답했다. 눈치 없는 촌뜨기 같으니라고. 손바닥만 한 촌구석에서 중학교가 어디에 있는지 모른다는 게 말이 된단 말인가. 부아가 나 씩씩거리고 있는데 통소매 옷을 입은 사내가 다가와 따라 오라고 하길래 갔더니 '미나토야'인지 뭔지라는 여관이었다. 맘에 안 드는 여자가 목소리를 가다듬고 "어서 오세요" 하니까 왠지 들어가기가 싫었다. 현관 앞에 서서 중학교가 어딘지 물었더니 여기에서 기차로 8킬로미터 정도를 가야 한다고 해서 더더욱 그곳이 싫어졌다. 나는 통소매 옷 사내로부터 내 가방 두 개를 휙 낚아채서는 어기적거리며 그 집을 나왔다. 여관 사람들이 나를 이상한 눈으로 쳐다보았다.

기차역을 찾는 건 식은 죽 먹기였다. 차표도 쉽게 샀다. 타서 보니 성냥갑 같은 기차다. 덜컹덜컹 5분이나 탔을까 벌써 내릴 시간이다. 어쩐지 표가 싸다 했다. 겨우 3전이다. 역에서 내려 인력거를 잡아타고 학교로 갔더니 벌써 수업이 끝났는지 아무도 없다. 숙직 선생은 잠시 볼일을 보러 갔다고 사환이 알려주었다. 아주 속 편한 숙직이다. 교장 선생님이라도 뵙고 가려다가 몸이 피곤해서 다시 인력거에 올랐다. 여관으로 데려다 달라고 했더니 인력거꾼은 기세 좋게 '야마시로야'라는 여관에 인력거를 갖다 댔다. 야마시로야라니, 간타로네 전당포 이름과 똑같아서 좀 재밌었다.

어쩐 일인지 2층으로 올라가는 계단 밑 어두운 방으로 안내되었다.

더워서 있으려야 있을 수가 없다. 이런 방은 싫다고 했더니 “마침 방들이 다 차서요” 하고는 가방을 휙 던져놓고 가버렸다. 어쩔 수 없이 방에 들어가 땀을 닦고 있는데, 목욕물이 준비되었다기에 그길로 달려가 몸만 적시고 바로 나왔다. 방으로 돌아가는 길에 여기저기 기웃거려봤더니 시원해 보이는 방들이 많이 비어 있다. 뻔뻔스런 놈들, 거짓말을 하다니! 약이 바짝 올라 있는데 하녀가 밥상을 내왔다. 땀이 뻘뻘 나게 더웠지만 밥은 하숙집보다 훨씬 맛있었다.

식사 시중을 들던 하녀가 “어디에서 오셨습니까?” 하고 묻는다. 도쿄에서 왔다고 했더니 “도쿄는 좋은 곳이죠?” 하길래 당연히 그렇다고 대답해줬다. 상을 들고 하녀가 부엌으로 들어가자마자 크게 웃는 소리가 들렸다. 시시껄렁한 농담이려니 하고 곧 잠자리에 들었으나 좀처럼 잠이 안 온다. 더워서 그런 것만은 아니다. 주변이 떠들썩하다. 하숙집의 몇 배는 더 시끄러운 것 같다. 꾸벅꾸벅 졸다가 기요 꿈을 꿨다. 기요가 에치고의 댓잎 엿을 대나무 잎도 벗기지 않고 통째로 우적우적 먹고 있다. 내가 “잎에는 독이 있으니 그만 먹는 게 좋을 거야”라고 했더니 “아니요, 이게 진짜 약입니다” 하며 맛있게 먹는다. 어이가 없어서 입을 크게 벌리고 허허허허 웃다가 잠에서 깼다. 하녀가 덧문을 열고 있다. 변함없이 끝도 없는 하늘이 펼쳐져 있다.

여행을 할 때는 팁을 주는 것이라 들었다. 팁을 주지 않으면 푸대접을 받는다는 것이다. 이런 좁고 어두운 방에 밀어 넣은 것도 팁을 주지 않았기 때문이리라. 천 가방에 우산을 든 초라한 행색 때문이겠지. 촌뜨기 주제에 사람을 깔보다니. 팁 한 번 후하게 줘서 입이 떠억 벌어지게 만들어주겠다. 이래 봬도 학비로 쓰고 남은 30엔을 품에 넣고 도쿄를 떠나온 몸이란 말이다. 뱃삯과 기찻삯, 이것저것 잡비를 제하고 아직 14엔 정도 있다. 전부 줘버려도 곧 월급이 나오기 때문에 걱정 없다. 시골뜨기는 좀스러워서 5엔만 줘도 기절초풍할 게 뻔하다. 어떻게 나오는지 보려고 세수를 하고 방에서 기다리니 엊저녁의 하녀가 밥상을 들고 왔다. 쟁반을 받쳐 들고 시중을 들며 히죽거리는 꼴이 영 마뜩잖다. 무슨 구경거리라도 났나? 이래 봬도 내 얼굴이 이 여자 얼굴보다 훨씬 낫다. 밥상을 물릴 때 팁을 주려고 했는데 아니꼬운 마음에 그만 5엔짜리 지폐를 건네고 말았다. 계산대에 갖다 주라고 했더니 이상한 표정을 짓고 있다. 밥을 먹자마자 학교로 향했다. 구두는 닦아놓지 않았다.

학교는 어제 인력거를 타고 가봐서 대강 어떻게 가는지 알고 있다. 모퉁이를 두세 번 돌았더니 바로 교문 앞이다. 교문에서 현관까지는 화강암이 깔려 있었다. 어제 이 위를 덜컹거리며 지나갈 때는 지나치게 야단스러운 소리가 나서 좀 주눅이 들었다. 도중에 교복 입은 학생들을 많이 봤는데 모두 이 교문으로 들어갔다. 개중에는 나보다 키가 크고 힘이 세 보이는 녀석들도 있었는데, 저런 녀석들을 가르쳐야 한다고 생각하니 기분이 별로였다. 사환에게 명함을 보여줬더니 교장실로 안내했다. 교장은 듬성듬성 난 수염에 피부가 거무칙칙하고 눈이 댕그란 게 꼭 너구리 같은 얼굴을 하고 있었다. 지나치게 점잔을 빼며 "자, 그럼 열심히 해주게나" 하고는 큰 도장이 찍힌 임명장을 내밀었다. 이 임명장은 나중에 도쿄에 돌아갈 때 돌돌 말아 바다에 던져버렸다. 교장은 "곧 모두에게 소개할 테니 한 사람 한 사람 돌아가며 이 임명장을 보여주게"라고 지시했다. 쓸데없는 절차다. 그런 귀찮은 짓을 할 바에야 사흘 동안 교무실에 붙여 놓는 게 낫다.

교사들이 전부 교무실에 모이려면 1교시를 끝마치는 종이 울려야 한다. 종이 울리려면 아직 한참 남았다. 교장은 시계를 꺼내 시간을 보더니 "천천히 얘기를 나눌 생각이었지만 우선 대략적인 내용을 이해하는 게 좋겠네" 하면서 교육의 정신에 대해 장황하게 늘어놓았다. 한 귀로 흘려들으며 정말 가당치도 않은 곳에 왔다는 생각이 들었다. 나는 도저히 교장이 원하는 대로는 할 수 없기 때문이다. 나 같이 대책 없는 사람을 붙들고 학생들의 모범이 되라는 둥 전교생의 존경을 받아야 한다는 둥 수업 이외에도 개인적인 덕을 쌓지 않고서야 교육자라고 할 수 없다는 둥 터무니없는 설교를 해댔다. 그렇게 잘났으면 월급 40엔에 이 먼 촌구석까지 왔겠는가. 사실 인간이 다 거기서 거기 아닌가? 화가 나면 싸울 수도 있지. 교장의 말대로라면 입도 벙끗 못하고 마음대로 돌아다닐 수도 없다. 이렇게 까다로운 일이었으면 채용하기 전에 이러저러하다고 미리 귀띔을 해줬어야지. 나는 거짓말을 못 하는 인간이라 어쩔 수 없다, 한 번 속은 셈치고 이쯤에서 거절하고 돌아가자 맘먹었다. 팁으로 5엔을 주고 9엔이 남았다. 9엔이면 도쿄까지 가기엔 모자란 돈이다. 팁 같은 건 주지 말았어야 했다는 후회가 밀려왔다. 그래도 아직 9엔이 있으니 어떻게든 되겠지.

“도저히 교장 선생님의 말씀대로는 못 하겠습니다. 이 임명장은 돌려드리겠습니다.”

거절의 뜻을 밝혔더니 교장이 너구리 같은 눈을 깜박거리며 내 얼굴을 쳐다본다. 그러더니 “지금 내가 한 말은 희망사항이 그렇다는 것이지, 꼭 그대로 해야 한다는 것은 아니네. 너무 신경 쓰지 말게나” 하고는 웃었다. 그렇게 잘 알면서 왜 사람 겁이나 주고 그러는지 모르겠다.

이런 와중에 종이 울렸다. 교실 쪽이 갑자기 시끌벅적하다. “이제 선생님들도 어느 정도 모여 있을 거라네” 하며 앞장서는 교장을 뒤따랐다. 넓고 기다란 방 안에 선생들이 나란히 놓인 책상에 앉아 있었다. 내가 들어서자 약속이라도 한 것처럼 일제히 내 쪽을 쳐다보았다. 동물원의 원숭이가 된 것 같다. 교장이 말한 대로 한 사람씩 임명장을 보여주며 인사를 나눴다. 대개는 자리에서 엉거주춤하게 일어나 허리를 굽히는 정도였지만, 개중에는 임명장을 받아 슥 훑어보고 정중하게 돌려주는 이도 있었다. 마치 연극을 흉내 내는 것 같다. 열다섯 번째로 체육 선생 차례가 돌아왔을 때에는 똑같은 짓을 몇 번이나 반복한 탓에 슬슬 짜증이 났다. 선생님들은 한 번이지만 나는 몇 번째 같은 짓을 반복하고 있는지 모른다. 내 입장도 좀 생각해줘야 하는 것 아닌가.

인사를 나눈 사람 중에는 교감 아무개도 있었다. 이 사람은 문학사(文學士)라고 한다. 문학사라면 대학은 졸업했을 테니까 잘난 사람일 것이다. 교감은 여자처럼 상냥한 목소리를 내는 사람이었는데 무엇보다 이 더위에 모직 셔츠를 입고 있는 게 놀라웠다. 아무리 얇다고 해도 무척 더울 텐데 문학사에 걸맞게 옷차림에 신경을 쓰느라 고생이 많다. 이게 또 빨간 셔츠라 더 황당하다. 나중에 들은 얘기로 이 남자는 일 년 내내 빨간 셔츠를 입는다고 한다. 이상한 병도 다 있다. 본인 말로는 빨간색이 몸에 좋아 건강을 위해 일부러 맞춰 입는다고 하는데, 걱정도 팔자다. 그렇게 걱정이 되면 기모노도 하카마(통이 넓은 일본의 전통 바지)도 빨간색으로 통일하지 그래.

그리고 '고가'라는 영어 선생이 있었는데 매우 안색이 안 좋은 남자였다. 보통 얼굴이 창백한 사람은 말랐는데 이 남자는 푸르뎅뎅하니 부어 있다. 초등학생 시절 같은 반에 '아사이 타미'라는 친구가 있었는데, 그 애 아버지도 꼭 이런 낯빛을 하고 있었다. "아사이네 아빠는 농사꾼이라서 얼굴이 저런 거야?" 하고 기요에게 물어본 적이 있다. 기요는 "그렇지 않아요. 그 사람은 끝물로 나온 호박만 먹어서 그렇게 된 거예요" 하고 가르쳐주었다. 그 뒤로는 창백한 안색에 부어 있는 사람을 보면 끝물 호박만 먹은 결과라고 생각했다. 이 영어 선생도 틀림없이 끝물만 먹어 저리된 게다. 그런데 지금도 끝물이 뭔지 잘 모르겠다. 기요에게 물어봐도 웃기만 하고 대답을 안 해주니 기요도 모르는 모양이다.

그리고 나와 같은 수학 교사로 '홋타'라는 이가 있다. 이 사람은 다부진 체격에 밤송이 같은 빡빡머리를 한 사내로 히에이 산의 못된 중이라 해도 믿을 만한 모습을 하고 있었다. 사람이 정중하게 임명장을 내미는데 눈길도 주지 않고 "이야, 자네가 새로 부임한 사람인가, 놀러오게"라며 아하하하 웃었다. 아하하는 뭐가 아하하야. 예의라곤 눈곱만큼도 없는 자식에게 누가 놀러갈 줄 알고? 나는 그때부터 이 빡빡머리에게 '고슴도치'라는 별명을 붙이기로 했다.

한자 선생은 역시 진지한 사람이다. "어제 도착해 아직 피곤이 풀리지 않았겠지만 그래도 이미 학기가 시작되었으니 정진해서……" 하고 걱정해주는 붙임성 좋은 할아버지다.

미술 선생은 예술가 같은 분위기를 풍겼다. 하늘하늘 얇은 비단 하오리(일본 옷 위에 갖춰 입는 짧은 겉옷)를 입고 부채를 팔랑거리며 "고향은 어디십니까, 네? 도쿄? 그거 반가운 일이네, 고향 친구가 생겨서……. 제가 이래 봬도 도쿄 토박이거든요" 한다. 이런 사람이 도쿄 토박이라면 도쿄에서 태어나지 않는 게 좋았겠다고 속으로 생각했다. 이 밖에 한 사람 한 사람에 대해 쓰자면 끝도 없으니 이쯤에서 그만하기로 한다.

한차례 인사가 끝나자 교장이 "오늘은 그만 퇴근하게. 수업과 관련된 일은 수학 주임과 상의하고, 모레부터 수업을 시작하지" 하고 말했다. 수학 주임이 누군지 물어봤더니 바로 고슴도치였다.

'저런 자식 밑에서 일해야 하다니 정말 마음에 안 든다.'

실망스러운 마음을 추스르고 있는데 고슴도치는 "어이, 자네 묵는 곳이 어디지? 야마시로야인가? 그래, 조금 있다가 가서 자세하게 알려주겠네"라는 말을 남기고 분필을 들고 수업에 들어갔다. 주임인데 직접 찾아와 이야기를 나누겠다니 생각 없는 남자다. 그래도 오라고 하는 것보다야 훨씬 낫군.

교문을 나서며 곧장 여관으로 돌아갈까 했으나 가봤자 특별히 할 일도 없어서 마을을 좀 돌아보기로 했다. 무턱대고 발길 닿는 대로 걷다가 현청(縣廳)을 지나게 되었다. 아주 오래된 건물이다. 좀 더 가니 병영이 나왔는데 도쿄 아자부의 연대본부에 비하면 그저 그렇다. 큰길도 있었는데 폭이 가구라자카의 절반 정도밖에 안 되고 가게들도 그보다 초라하다. 25만 석(무사가 받는 봉록의 단위)짜리 성 마을이라고 떠들어대더니 별것 아니었다.

'겨우 이런 데 살면서 우리 마을이 어쩌고저쩌고 잘난 척하는 인간들이라니, 불쌍하다, 불쌍해.'

이런 생각에 잠겨 있다 보니 어느새 야마시로야 앞에 다다랐다. 넓어 보여도 실상은 좁은 동네다. 아마 가볼 만한 데는 다 가본 것 같다. 밥이나 먹을 생각에 여관 문을 열고 들어섰더니 계산대에 앉아 있던 여주인이 내 얼굴을 보고 후다닥 뛰쳐나왔다. 그러고는 "어서 오세요" 하며 마룻바닥에 머리를 조아렸다. 구두를 벗고 마루에 올라서자 "객실이 하나 비었어요" 하고 하녀가 2층으로 안내한다. 다다미 열다섯 장짜리 방으로 큰 도코노마(다다미방의 정면에 바닥을 한 층 높여 만든 곳으로 족자를 걸거나 꽃병을 두는 곳)가 있다. 이렇게 멋진 객실에 발을 들인 것은 난생처음이었다. 이 다음에 언제 또 이런 방에 들어와 볼까 싶어서 얼른 양복을 벗고 유카타(두루마기 모양의 긴 무명 홑옷으로 목욕 후나 여름철 평상복으로 입는 옷)로 갈아입은 다음, 방 한가운데에 대자로 누워봤다. 기분이 정말 좋았다.

점심을 먹고 나서 서둘러 기요에게 편지를 썼다. 나는 문장이 형편없는 데다 철자도 잘 몰라서 편지라면 딱 질색이다. 또 쓸 사람도 없다. 그래도 기요가 걱정할 걸 생각하면 가만히 있을 수가 없다. 배가 난파당해 죽지나 않았을까 말도 안 되는 걱정을 할까봐 마음먹고 장문의 편지를 썼다. 그 내용은 이렇다.

어제 도착했는데 재미없는 곳이야. 다다미 열다섯 장짜리 방에서 묵고 있어. 팁으로 5엔을 줬더니 주인 여자가 마룻바닥에 머리를 조아리더군. 어젯밤에는 잠을 설쳤어. 기요가 댓잎 엿을 잎도 벗기지 않고 통째로 먹는 꿈을 꿨거든. 내년 여름쯤에는 돌아 갈게. 오늘 학교에서 선생님들과 인사를 나눴는데 나름대로 별명을 붙여줬어. 교장은 너구리, 교감은 빨간 셔츠, 영어 선생은 끝물 호박, 수학은 고슴도치, 미술은 알랑쇠. 조만간 이런저런 일들에 대해 쓸게. 잘 있어.

편지를 다 쓰고는 마음이 홀가분해졌는지 졸음이 몰려왔다. 아까처럼 방 가운데에 대자로 누워 느긋하게 잠을 청했다. 이번엔 꿈도 안 꾸고 완전히 곯아떨어졌다. 그런데 갑자기 "이 방인가" 하는 우렁찬 목소리가 들려서 눈을 뜨니 고슴도치가 방 안으로 들어오는 게 아닌가.

"아까는 실례가 많았네, 자네 담당은……."

일어나 앉기가 무섭게 이야기를 꺼내는 바람에 정신이 없었다. 내가 할 일이 뭔지 들어보니 별로 어려운 일도 아니라 흔쾌히 알았다고 했다. 이 정도 일이라면 모레가 뭐야, 내일 당장 시작하라고 해도 놀랍지 않다. 수업에 관한 이야기를 마치자 고슴도치가 말했다.

"자네 여기에 계속 있을 생각은 아니겠지? 내가 괜찮은 여관을 하나 알고 있으니 그쪽으로 옮기게. 외지에서 온 사람을 달가워하진 않지만 내가 부탁하면 바로 들어줄 거야. 한시라도 빠른 게 좋을 테니 일단 지금 보러 가세. 내일 짐을 옮기고 모레부터 학교에 출근하면 딱 맞겠군."

혼자 북 치고 장구 치고 다 한다. 하긴 이렇게 큰 방에 계속 있을 수는 없다. 어쩌면 월급이 몽땅 다 숙박비로 나갈지도 모른다. 큰맘 먹고 팁을 줬는데 바로 옮겨야 한다니 좀 섭섭하긴 하지만 어차피 옮길 거라면 하루라도 빨리 옮겨서 자리를 잡는 게 낫겠다 싶어서 이 일은 전부 고슴도치에게 맡기기로 했다. 고슴도치는 어쨌든 집을 먼저 보자고 길을 나섰다.

고슴도치가 발길을 멈춘 곳은 마을에서 좀 떨어진 언덕배기 중턱이었다. 주위는 더할 나위 없이 고요했다. 주인은 골동품을 사고파는 '이카긴'이라는 사내였고 안주인은 남편보다 네다섯 살은 더 먹어 보이는 여자였다. 중학교에 다닐 때 위치(witch, 마녀)라는 영어를 배운 적이 있는데 이 여자는 정말로 마녀 같은 분위기를 풍겼다. 마녀라고 해도 한 사람의 아내일 뿐이니 무섭지는 않지만. 여차저차해서 내일 짐을 옮기기로 했다. 돌아오는 길에 고슴도치가 빙수 한 그릇을 사줬다. 학교에서 만났을 때는 무척이나 건방지고 무례한 놈이라고 생각했는데, 이렇게 여러모로 신경 써주는 모습을 보니 나쁜 사람은 아닌 것 같다. 나처럼 성미가 급하고 불같은 면이 있긴 하지만. 나중에 들은 얘기로는 이 남자가 학생들에게 제일 인기가 많다고 한다.

드디어 학교에 갔다. 처음으로 교실에 들어가 교단에 섰을 때는 왠지 모르게 기분이 이상했다. 수업을 하면서 나 같은 사람이 선생을 해도 되는 건가 하는 생각이 들기도 했다. 학생들은 정말 시끄럽다. 가끔 우렁찬 목소리로 "선생님" 하고 부르기도 한다. 선생님이라고 부르는데 모른 척할 수가 없다. 나도 물리전문학교를 다니며 매일 "선생님, 선생님" 하고 선생님을 불러댔지만 선생님이라고 부르는 것과 선생님이라고 불리는 것은 하늘과 땅 차이다. 어쩐지 발바닥이 근질근질하다. 나는 비굴한 사람도, 겁이 많은 사람도 아니지만 아쉽게도 담력이 부족하다. "선생님" 하고 큰 소리로 불리니, 배가 고픈 상태에서 마루노우치에 있다가 정오를 알리는 대포소리를 들었을 때와 같은 기분이 든다.

처음 1교시는 그럭저럭 적당히 넘어갔다. 특별히 곤란한 질문을 하는 학생도 없었다. 교무실에 갔더니 고슴도치가 "수업은 어땠어?" 하고 묻는다. "글쎄" 하고 간단하게 대답했는데 왠지 안심한 듯한 얼굴이다.

2교시에 분필을 들고 교무실을 나설 때는 왠지 적진에 내던져진 것 같은 기분이 들었다. 이번 반은 1교시에 수업했던 교실보다 유독 덩치가 큰 애들이 많았다. 나는 도쿄 토박이라 호리호리하고 작아서 아무리 애들보다 높은 곳에 선다고 해도 위엄이 서질 않는다. 싸움이라면 씨름꾼하고도 맞서 싸울 자신이 있지만 이렇게 큰 애들을 앞에 두고 한 치 혀를 놀려 굴복시킬 재주는 없다. 그러나 이런 촌뜨기들에게 약점을 잡혔다가는 질질 끌려 다닐 수도 있기에 있는 힘껏 목청을 돋워 빠르게 수업을 진행했다. 처음에는 학생들도 내 목소리에 기가 눌렸는지 멍하게 앉아 있었기 때문에 '오호, 이것 봐라' 하고 점점 의기양양해져서는 좀 더 강한 어조로 나갔다. 그런데 맨 앞줄 가운데에 앉은, 힘이 세 보이는 녀석이 갑자기 일어나 "선생님" 하고 부른다. 그래, 올 것이 왔구나 싶어서 뭐냐고 물었다.

"아따 말이 겁나게 빨라서 무슨 말인지 모르겠어라. 쪼까 천천히 해주시지 않을랑가요이?"

'않을랑가요이'라니, 뜨뜻미지근하기는.

"말이 너무 빨라서 알아듣기 힘들다면 천천히 해주겠다. 그런데 나는 도쿄 토박이라서 너희들 말은 쓸 수 없어. 내가 하는 말이 어려우면 알아들을 때까지 기다리는 수밖에 없지."

이런 분위기로 2교시는 생각보다 순조롭게 끝났다. 그런데 수업을 마치고 나올 때 한 학생이 "이 문제 좀 봐주시지 않을랑가요이?" 하고 듣도 보도 못한 기하 문제를 갖고 왔을 때는 식은땀이 났다. 전혀 모르는 문제라서 "나도 모르겠어, 다음에 가르쳐줄게" 하고 서둘러 자리를 뜨려고 하자 학생들이 와아 하고 야단법석을 떨었다. "모르는구먼, 몰러" 하는 소리도 들린다.

'바보 같은 놈들, 선생이라고 다 아는 줄 아는 모양이지? 모르는 걸 모른다고 하는 게 뭐가 이상하다는 거야? 내가 그걸 알면 고작 40엔에 이런 촌구석까지 왔겠어?'

씩씩거리며 교무실에 갔더니 고슴도치가 또 "이번엔 어때?" 하고 묻는다. "아, 뭐" 하고 얼버무리려다가 그것만으론 성이 안 차서 "이 학교 학생들은 왠지 정이 안 가네" 하고 대답했다. 고슴도치가 묘한 표정을 지었다.

3교시나 4교시나, 점심 먹고 난 뒤 했던 수업이나 다 거기서 거기였다. 첫날 나간 수업은 죄다 조금씩 실수를 했다. 교사도 옆에서 보는 것만큼 편하지 않다는 생각이 들었다. 수업은 전부 다 마쳤지만 아직 퇴근하기에는 이르다. 3시까지는 얌전히 앉아서 기다려야 한다. 3시에 담당한 학급의 학생이 청소를 다 하고 알리러 오면 바로 가서 검사를 해야 한다고 들었기 때문이다. 그 다음에 출석부를 정리하고 나면 겨우 여유가 생긴다. 아무리 월급과 맞바꾼 몸이라지만 수업이 없는 시간까지 학교 일에 묶여 책상만 쳐다보고 있어야 한다니, 이런 법이 어디 있나. 하지만 다들 얌전히 시키는 대로 하는데 신참인 내가 구시렁거리는 것도 보기 안 좋을 것 같아 그냥 참았다. 집에 오는 길에 "있잖아, 아무리 그렇다고 해도 3시가 넘어서까지 학교에 있으라는 건 너무하지 않은가?" 하고 고슴도치에게 하소연을 했더니 그렇다고 맞장구를 치며 호탕하게 웃었다. 하지만 곧 심각한 얼굴로 "자네 말이야, 학교에 대한 불평은 안 하는 게 좋겠네. 굳이 해야겠다면 나한테만 하는 게 좋아. 이상한 인간들도 꽤 있으니까 말이야" 하고 충고 아닌 충고를 했다. 그길로 바로 헤어졌기 때문에 자세한 이야기는 들을 수가 없었다.

집에 갔더니 하숙집 주인이 나를 보고는 차를 마시자고 했다. 먼저 차를 마시자고 했으니 대접을 하는구나 생각했는데, 아무렇지도 않게 내 차를 가져다 자기가 마신다. 하는 꼴을 봐서는 내가 집에 없어도 내 차를 맘대로 끓여 먹을 것 같다. 하숙집 주인이 말했다.

"저는 골동품이 좋아서 결국 이 일을 시작하게 되었습니다. 선생님도 보아하니 상당히 풍류를 즐기는 분 같습니다. 재미 삼아 취미를 들여보는 게 어떻겠습니까?"

이 무슨 얼토당토않은 이야기인가. 2년 전 어떤 사람의 심부름으로 제국호텔에 갔다가 자물쇠 수리공으로 오해받은 적이 있다. 또 담요를 뒤집어쓰고 가마쿠라의 불상을 보러 갔다가 인력거꾼에게 지체 높은 사람으로 오해를 받은 적도 있다. 그 밖에도 말도 안 되는 사람을 갖다 붙인 인간들은 셀 수 없이 많았지만, 나를 보고 풍류가 어쩌고저쩌고 하는 사람은 처음이다. 풍류를 즐기는 사람은 딱 봐도 차림새나 풍기는 분위기가 다르다. 풍류인이라면 머리에 두건을 뒤집어쓰거나 단자쿠(일본 고유의 단시인 하이쿠를 쓰거나 소원을 적는 종이)를 갖고 다니는 정도는 돼야 한다. 나 같은 사람을 두고 풍류를 논하다니 마음을 놓을 수 없는 자다.

나는 "할 일 없는 노인네가 하는 것 같은 그런 일은 딱 질색"이라고 했다. 그랬더니 주인은 헤헤헤헤 웃으며 "아니 처음부터 좋아하시는 분이 어디 있겠습니까만, 일단 이쪽에 취미를 붙이면 좀처럼 헤어날 수가 없다니까요" 하면서 특이한 손놀림으로 차를 마셨다. 어젯밤 차를 좀 사다 달라고 부탁하긴 했지만 이렇게 쓰고 진한 차는 별로다. 한 잔만 마셔도 위가 쓰린 것 같다. 다음엔 좀 연한 걸로 사다 달랬더니 알았다고 하고는 마지막 한 방울까지 탈탈 털어 넣었다. 남의 차라고 함부로 마시는 놈이다. 주인이 물러난 뒤 내일 수업내용을 미리 훑어보고는 바로 자버렸다.

그 뒤부터는 매일 학교에 가서 규칙대로 일하고, 하숙집에 돌아오면 주인이 차를 내오는 일과가 반복되었다. 일주일쯤 지나자 서서히 학교가 어떻게 돌아가는지도 알게 되고, 주인 부부의 성격도 대충 파악하게 되었다. 다른 교사들은 부임한 지 일주일에서 한 달 정도는 자기의 평판이 좋은지 나쁜지 자꾸 신경이 쓰인다고 하는데, 나는 전혀 그런 게 없었다. 수업에 들어갔다가 실수를 하게 되면 당시에는 기분이 별로다. 하지만 겨우 30분만 지나도 새까맣게 잊어버린다. 매사가 그런 식이다. 계속 걱정을 하려고 해도 그게 안 되는 성격이다. 교실에서 한 실수가 학생들에게 어떤 영향을 줄지, 그 때문에 교장과 교감이 어떤 반응을 하게 될지 도통 관심이 없었다. 나는 앞에서 언급했듯 배짱은 별로 없지만 포기는 빠른 사람이다. 이 학교를 못 다니게 된다면 다른 데로 가면 된다는 각오가 돼 있었기 때문에 너구리나 빨간 셔츠가 눈곱만큼도 무섭지 않았다. 게다가 가르치는 학생들에게 아양을 떨거나 입에 발린 소리를 할 생각은 더더군다나 없었다.

학교는 이대로 견딜 만했지만 하숙집은 달랐다. 차를 마시러 오는 거야 그러려니 하겠는데 꼭 이것저것 가져와 사람을 귀찮게 했다. 처음에 들고 온 것은 무슨 도장 재료로 열 개 정도 죽 늘어놓고는 "다 해서 3엔이면 정말 싸게 해드리는 겁니다. 사시죠" 하는 것이었다.

무슨 시골 변두리의 풋내기 화공도 아니고 그런 건 필요 없다고 했더니 이번엔 '가잔'인가 뭔가 하는 사람의 족자를 가져왔다. 자기 멋대로 도코노마에 족자를 걸고는 "정말 좋은 작품이지 않습니까?" 하길래 "그런가?" 하고 대충 장단을 맞춰주고 넘어가려고 했다. 그런데 "가잔이라는 사람은 둘이 있습니다. 한 사람은 아무개라는 가잔이고,

또 한 사람은 아무개라는 가잔인데, 이 족자는 그 아무개 가잔의 작품입니다" 하고 시시껄렁한 이야기를 한 다음 "자, 어떻습니까? 선생님께는 특별히 15엔에 드리겠습니다" 하고 사라고 성화다. 돈이 없다고 거절했더니 돈이야 언제든 괜찮다며 물러설 기미가 안 보인다. 결국에는 "돈이 있어도 살 맘은 없습니다" 하고 쫓아내버렸다.

그 다음에는 기왓장만 한 벼루를 메고 왔다. "이것은 중국의 단계 벼루(중국 광동성의 단계 지방에서 생산되는 고급 벼루)입니다" 하면서 몇 번이나 단계, 단계 하길래 재미 삼아 단계가 뭔지 물었더니 바로 설명을 시작했다. "단계에는 상층, 중층, 하층이 있는데 요샌 다 상층입지요. 그런데 이건 확실히 중층입니다. 이 눈(단계 벼루 표면에 있는 눈 같은 무늬를 가리키는 것으로 눈이 많을수록 고급품으로 친다)을 좀 보세요. 눈이 세 개 있는 건 희귀합니다. 발묵의 상태도 아주 좋아요. 시험해보시지요" 하며 내 앞에 큰 벼루를 들이민다.

얼마냐고 물으니 주인이 중국에서 가져온 건데 꼭 팔고 싶어 해서 싸게 해준다고, 30엔에 하잔다. 뭐 이런 바보가 있나 싶다. 학교는 그럭저럭 탈 없이 다닐 수 있을 것 같은데, 이 골동품 사라는 성화에는 언제까지 견딜 수 있을지 모르겠다.

그러는 사이 학교도 싫어졌다. 어느 날 밤 '오마치'라는 곳을 산책하다가 우체국 옆에 '메밀국수'라는 간판이 있는 것을 보았다. 그 밑에는 조그맣게 '도쿄'라고 쓰여 있었다. 나는 메밀국수를 정말 좋아

한다. 도쿄에 있을 때도 메밀국수 집을 지나다가 양념 냄새가 나면 꼭 포렴을 걷고 들어서곤 했다. 여태 학교는 학교대로, 하숙집은 하숙집대로 시달려서 국수 생각도 안 났지만 간판을 본 이상 그냥 지나칠 수가 없었다. 떡 본 김에 제사 지낸다고 한 그릇 먹고 가기로 했다. 막상 들어가 보니 '도쿄'라는 말이 무색하게 가게 안은 몹시 더러웠다. 도쿄를 몰라서 그런 건지, 돈이 없어서 그런 건지. 다다미는 색이 바랜 데다 언제 청소를 한 건지 모래로 까칠까칠했고 벽은 그을려서 새카맸다. 천장 역시 등잔 그을음으로 지저분했고 게다가 너무 낮아서 목을 움츠려야 했다. 그런데도 메밀국수의 이름을 써넣은 가격표만은 번지르르하니 새 것이었다. 아무래도 오래된 집을 사서 이삼일 전에 개업한 모양이다.

가격표 맨 처음에 '튀김 메밀국수'라고 써 있길래 "여기, 튀김 메밀 하나 주시오" 하고 큰 소리로 주문을 했다. 그러자 이제껏 구석에서 후루룩 쩝쩝 소리를 내며 열심히 메밀국수를 먹고 있던 세 사람이 동시에 내 쪽을 보는 게 아닌가. 가게 안이 워낙 어두컴컴해서 몰랐는데 자세히 보니 모두 우리 학교 학생이다. 저쪽에서 인사를 건네기에 나도 고개를 끄덕였다. 오랜만에 먹는 거라 그날 밤엔 튀김 메밀국수를 네 그릇이나 먹어치웠다.

다음 날도 여느 때와 같이 수업에 들어갔는데 칠판에 아주 큰 글씨로 '튀김 메밀 선생님'이라고 쓰여 있었다. 아이들은 내 얼굴을 보고 와하하 웃었다. 나는 기가 막혀서 튀김 메밀을 먹는 게 뭐가 이상하냐고 물었다. 그러자 한 학생이 “그래도 네 그릇은 너무한 거 아닐랑가요이?” 하고 답했다. “네 그릇을 먹든 다섯 그릇을 먹든 내 돈 주고 내가 먹는데 너희들이 무슨 상관이냐?” 하고는 서둘러 수업을 마치고 나왔다. 십 분 있다가 다른 수업에 들어갔더니 이번엔 ‘튀김 메밀 네 그릇, 단 웃지 말 것’이라고 적혀 있다. 좀 전에는 별로 화가 나지 않았는데 이번엔 부아가 치밀었다. 농담도 지나치면 화가 된다. 떡을 구워 먹으려다 다 태워 먹는 꼴이다. 누가 잘했다고 칭찬하겠는가. 요령 없는 촌놈들이라 무조건 밀어붙여도 된다고 생각하는 모양이다. 한 시간이면 족히 보고도 남는 손바닥만 한 동네에 살면서 별달리 할 일도 없으니, 튀김 메밀 사건을 러일전쟁처럼 여기저기 퍼뜨리고 다니는 거겠지. 불쌍한 녀석들, 자란 환경이 이렇다 보니 너무 자깝스러워졌다. 화분에 심은 단풍나무 같은 소인배로 자란 것이다. 천진난만해서 그런 거라면 그냥 웃고 넘어가겠는데 이거야 원, 어린 녀석들이 너무 짓궂다.

나는 잠자코 ‘튀김 메밀’을 지우고 “이런 장난이 재밌나? 비겁하다고 생각하지 않아? 너희들은 비겁이 뭔지 알고 있어?” 하고 물었다. 그랬더니 “놀림 좀 당했다고 화를 내는 것이 비겁 아닐랑가요이?” 하고 대답하는 녀석이 있다. 눈엣가시 같은 놈이다. 일부러 이런 촌구석까지 와서 저런 녀석을 가르치고 있다니 내 자신이 한심해졌다.

"공연한 억지 부리지 말고 공부나 해" 하고 수업을 시작해버렸다.

다음 수업에 갔더니 '튀김 메밀을 먹으면 억지가 부리고 싶어진다'라고 쓰여 있다. 해도 해도 너무한다. 머리끝까지 화가 치밀어 올라서 "너희처럼 건방진 녀석들은 가르칠 수 없어!" 하고 소리를 지르고는 교실 문을 박차고 나와버렸다. 학생들은 자유시간이라고 좋아했다고 한다. 이 지경이 되고 보니 학교보다는 골동품 쪽이 훨씬 나은 것 같다.

튀김 메밀 사건도 집에 와서 하룻밤 잤더니 싹 다 잊어버리고 말았다. 학교에 가보니 학생들도 별일 없었다는 듯 나와 있다. 뭐가 어떻게 돌아가는 건지 모르겠다. 한 사흘은 아무 일 없이 지나갔다. 나흘째가 되는 날 '스미타'라는 동네에서 경단을 먹었다. 스미타라는 곳은 온천이 있는 마을로 우리 동네에서 기차로 10분, 걸어서 30분 남짓 걸린다. 스미타에는 음식점이며 온천 여관, 공원은 말할 것도 없고 유흥가도 있다. 내가 들른 경단집은 유흥가의 초입에 있는 가게로 맛있다는 소문이 자자했기 때문에 온천을 하고 돌아오는 길에 잠깐 들렀던 것이다. 이번엔 마주친 사람도 없었으니까 안심하고 다음 날 학교에 갔다.

1교시에 들어갔더니 '경단 두 접시 7전'이라고 쓰여 있다. 실제로도 경단 두 접시 먹고 7전을 냈다. 진짜 성가신 녀석들이다. 그렇다면 2교시에도 뭔가 쓰여 있겠지 각오하고 들어갔는데 아니나 다를까

'유홍가의 경단은 맛있다, 맛있어'라고 쓰여 있다. 감당이 안 되는 놈들이다. 이제 경단 갖고는 뭐라고 안 하겠지 했더니 어느새 빨간 수건이 화제가 되었다. 또 왜들 난리인가 싶었는데 별것도 아니다. 나는 이곳에 온 뒤부터 매일 스미타의 온천에 가기로 했다. 다른 데는 도쿄의 발꿈치도 못 쫓아오지만 온천만큼은 훌륭했다. 모처럼 여기까지 왔으니 매일 온천이나 하자는 생각에 저녁을 먹기 전 운동 삼아 외출을 한다. 온천에 갈 때는 꼭 큰 수건을 어깨에 걸치고 가는데, 이 수건이 물에 젖으면 빨간 줄무늬가 흔들리면서 언뜻 보면 붉은색으로 보인다. 나는 온천에 오갈 때, 기차에 타든 걸어 다니든 늘 이 수건을 걸치고 다녔다. 그런데 그걸 본 애들이 '빨간 수건, 빨간 수건' 하고 부르는 거다. 좁은 동네라 성가셔서 살 수가 없다.

이뿐만이 아니다. 온천은 3층짜리 신축 건물로 고급탕은 유카타를 빌려주고 때밀이까지 붙여주는데 8전이면 된다. 게다가 여자가 덴모쿠(가루녹차를 마시는 사발 모양의 찻잔)에 차를 내온다. 나는 늘 고급탕을 이용했는데, 월급 40엔에 매일 고급탕에 들어가는 건 사치라는 거다. 별걸 다 간섭한다.

이게 끝이 아니다. 온천의 욕탕은 화강암을 쌓아올린 다다미 열다섯 장 정도의 넓은 크기로, 보통 열댓 명 정도가 들어가 있는데 간혹 아무도 없을 때가 있다. 일어서면 물이 가슴팍까지 오는 깊이라 운동 삼아 헤엄치기에도 좋았기 때문에 사람이 없는 틈을 타 수영을 하며 즐거워하곤 했다. 그런데 어느 날 3층에서 성큼성큼 내려와 오늘도 수영을 할 수 있을까 싶어 탕 안을 살폈더니 큰 팻말에 새까만 글씨로 '욕탕 안에서 헤엄치지 말 것'이라고 쓰여 있어서 깜짝 놀랐다. 욕탕에서 수영하는 사람은 거의 없으므로 나 때문에 특별히 만든 경고문 같았다. 나는 어쩔 수 없이 욕탕에서 헤엄치겠다는 생각을 접었는데, 다음 날 학교에 갔다가 깜짝 놀랐다. 이번에는 칠판에 '욕탕 안에서 헤엄치지 말 것'이라고 적혀 있었기 때문이다. 왠지 모든 학생들이 나를 감시하고 있는 것 같아서 기분이 울적해졌다. 학생들이 뭐라고 한다고 그만둘 나도 아니지만, 어쩌다가 이렇게 좁아터진 촌구석에 와서 이 고생을 하고 있나 하는 생각이 들면 한심해졌다. 학교에서 시달리고 집으로 가면 변함없이 골동품을 사라는 성화가 기다리고 있었다.

학교에는 숙직이라는 게 있어 직원들이 돌아가며 근무를 했다. 그런데 너구리와 빨간 셔츠는 예외다. 교사라면 당연히 해야 할 의무인데 왜 이 두 사람은 안 해도 되는 건지 물었더니 직급이 높아서 그런 거란다. 말도 안 된다. 월급은 많이 가져가면서 적게 일하는데 거기에 숙직까지 예외라니 이렇게 불공평한 일이 어디 있겠는가. 자기들 맘대로 규칙을 만들어놓고 그게 당연하다는 태도다. 참 뻔뻔하기도 하지.

실로 불공평한 일이긴 하지만 고슴도치의 말을 들어보면, 아무리 혼자 불평을 늘어놓아봤자 통하지도 않는다고 한다. 한 사람이든 두 사람이든 옳은 일은 통해야 마땅하다. 고슴도치는 'might is right'라는 영어를 인용하며 타일렀지만 무슨 말인지 몰라서 반문했더니 '강자의 권리'라는 뜻이란다. 강자의 권리라면 굳이 고슴도치의 설명을 듣지 않아도 알고 있는 이야기다. 하지만 강자의 권리와 숙직은 별개의 문제 아닌가. 너구리와 빨간 셔츠가 강자라니, 누가 납득할 것인가. 불공평하다 어쩐다 해도 내가 숙직을 설 차례가 돌아왔다. 원래 좀 예민한 성격이라 내가 쓰던 이부자리가 아니면 잠을 잘 못 자서, 어릴 적부터 친구네 집에서 자본 적이 거의 없을 정도다. 친구 집이 싫은데 학교 숙직은 오죽할까. 내키지는 않지만 숙직도 월급 40엔에 포함되는 일이니 어쩔 수 없이 꾹 참고 하는 수밖에.

선생님과 학생들이 모두 돌아간 후 텅 빈 학교에 혼자 남아 멍청하게 시간을 보내는 것은 참 한심한 일이다. 숙직실은 학교 뒤편에 있는 기숙사의 서쪽 끝 방이다. 잠깐 들어갔다가 햇빛이 제대로 들어치는 바람에 못 견디고 나와버렸다. 시골이라 그런지 가을인데도 아직 볕이 따가웠다. 학생들의 급식을 갖다 달라고 해서 저녁을 먹었는데 이렇게 맛없는 음식은 처음이다. 이런 걸 먹고 용케 날뛰는구나. 그런데 4시 반이면 저녁을 다 먹어버린다니 보통내기들이 아니다.

저녁밥을 다 먹었는데 아직 날이 밝아 잠을 잘 수도 없다. 잠깐 온천이라도 다녀왔으면 좋겠다. 숙직을 하면서 밖에 나가도 되는 건지 모르겠지만 이렇게 우두커니 앉아 어딜 가지도 못 하니 몸이 근질거려 못 견디겠다. 처음 학교에 왔을 때는 숙직하는 선생이 볼일 보러 나갔다는 게 좀 이상하다고 생각했는데, 막상 내가 숙직이 돼보니까 이해가 간다. 나가고 싶은 게 당연하다. 사환에게 잠깐 나갔다가 오겠다고 했더니 무슨 볼일이냐고 물어본다. "볼일이 있어서 그러는 게 아니고, 온천에 가려고" 하고는 빠른 걸음으로 빠져나왔다. 빨간 수건을 하숙집에 놓고 온 게 아쉬웠지만 오늘은 온천에서 빌리기로 했다.

온천에 가서는 느긋하게 탕을 들락날락하다가 해가 질 무렵 기차를 타고 고마치 역에서 내렸다. 여기서 학교까지는 450미터 정도만 가면 된다. 별 생각 없이 걷고 있는데 저쪽에서 너구리가 오는 게 보였다. 아마 너구리는 여기에서 기차를 타고 온천에 가려는 것일 게다. 성큼성큼 바쁜 걸음으로 지나쳐가려고 했는데 내 얼굴을 본 것 같아 가볍게 인사를 건넸다. 너구리는 진지한 얼굴로 "자네, 오늘 숙직이 아니었던가?" 하고 물었다. 아니었던가는 무슨, 두 시간 전에 분명 "오늘 첫 숙직이구먼. 수고하시게나"라고 했으면서. 교장이 되면 같은 말도 빙빙 돌려서 하는 모양이다. 나는 약이 올라서 "네, 숙직입니다. 숙직이니까 돌아가서 잠은 확실히 학교에서 자겠습니다"라고 내뱉고는 가던 길을 갔다.

다테마치까지 걸어가는데 이번에는 고슴도치와 맞닥뜨렸다. 정말 좁은 동네다. 나와서 돌아다니기만 하면 꼭 누군가와 마주치게 된다. "어이, 자네는 숙직 아닌가" 하고 물어서 "어, 숙직이야"라고 답했더니 "숙직이 함부로 나다니다니 무슨 짓인가"라고 하는 것이었다. "무슨 짓은 뭐가 무슨 짓이야! 학교에 꼼짝 않고 있는 게 바보지!" 하고 큰소리를 쳐봤다. 그랬더니 "자네 그렇게 야무지지 못해서야 쓰겠나. 교장이나 교감하고 마주치기라도 하면 일이 귀찮아져"라고 자기

와 안 어울리는 말을 하길래 "안 그래도 좀 전에 교장하고 딱 마주쳤지. 더울 땐 산책이라도 해야 숙직이 덜 고생스러운 법이라고 칭찬하던걸?" 하고는 귀찮아서 재빨리 학교로 돌아왔다.

해가 완전히 지고 나서 두 시간 정도는 사환을 숙직실로 불러 이런저런 이야기를 나눴다. 그런데 그것도 금세 싫증이 났다. 잠이 안 와도 일단 잠자리에 드는 게 좋을 것 같아서 잠옷으로 갈아입고 모기장 안으로 들어가 빨간 담요를 걷어 젖혔다. 그러고는 털썩 엉덩방아를 찧으며 벌러덩 드러누웠다. 자리에 누우면서 엉덩방아를 찧는 것은 어릴 적부터의 버릇이다. 오가와마치 하숙집에서 살 때는 아래층에 살던 법률학교의 서생한테 좋지 않은 버릇이라고 불평을 들은 적이 있다. 법률학교 서생이란 자는 약골인 주제에 말재간만 뛰어나서 말도 안 되는 이야기를 장황하게 늘어놓았다. 그래서 내가 "쿵쿵 소리가 나는 건 제 엉덩이 탓이 아니라 하숙집의 건물이 허술한 겁니다. 담판을 짓고 싶으면 주인하고 이야기하세요" 하고 찍소리도 못 하게 만들어줬다. 숙직실은 2층이 아니니까 아무리 쿵쿵거려도 괜찮다. 될 수 있는 한 힘차게 이불로 뛰어들지 않으면 잠을 잔 것 같지가 않다.

"아, 기분 좋다" 하며 다리를 쭉 뻗었더니 뭔가가 다리로 덤벼들었다. 까칠까칠한 것이 벼룩도 아닌 것 같아 이불 속에서 다리를 몇 번 흔들어보았다. 그러자 까칠한 것이 갑자기 늘어나더니 정강이 대여섯 군데, 허벅다리 두세 군데에서 움직이는 건 물론, 엉덩이 아래에

깔려 푸직 하고 뭉개진 게 하나, 배꼽까지 날아온 것도 하나 있었다. 너무 놀라 황급히 일어나며 담요를 뒤로 휙 내던졌더니 이불 속에서 메뚜기 오륙십 마리가 튀어나왔다.

정체를 모를 때는 조금 징그럽기만 했는데 메뚜기라는 걸 알자 갑자기 화가 치밀었다. 메뚜기 주제에 사람을 놀라게 해? 어디 한번 해보자는 생각에 재빨리 베개를 들어 몇 번 세게 내리쳤다. 하지만 상대가 너무 작아서 힘차게 내리치는데도 별로 효과가 없다. 그래서 다시 이불 위에 앉은 채 대청소할 때 돗자리를 둥글게 말아 다다미를 두들겨 터는 것처럼 베개를 마구잡이로 휘둘렀다.

메뚜기들도 놀랐는지 내 머리며 어깨며 코에 붙었다가 부딪혔다가 난리도 아니다. 얼굴에 붙은 놈은 베개로 때려잡을 수 없으니 손으로 잡아서 있는 힘껏 내동댕이쳐버렸다. 빌어먹을, 아무리 용을 써도 모기장 안이라 메뚜기는 멀리 달아나기는커녕 폴짝 가볍게 움직일 뿐이다. 수고한 보람이 없다. 메뚜기는 계속 맞으면서 모기장에 매달려 있다. 죽지도 달아나지도 않는다.

30분여 분 만에 가까스로 메뚜기를 퇴치하고는 빗자루를 가져와 죽은 메뚜기를 쓸어 담았다. 사환이 와서 무슨 일이냐고 묻길래 "일은 무슨 일이냐? 세상천지에 메뚜기를 이불 속에서 키우는 놈이 어디 있단 말이냐? 멍청하기는" 하고 혼을 냈더니 "저는 모르는 일입니다" 하고 변명하기에 바쁘다. "모르면 다야?" 하고 빗자루를 내던져버렸더니 사환은 쭈뼛거리며 빗자루를 주워들고 가버렸다.

나는 그길로 기숙생 세 명을 대표로 호출했다. 그랬더니 여섯 명이나 나왔다. 여섯이든 열이든 숫자가 무슨 상관이랴. 나는 잠옷 차림 그대로 팔짱을 낀 채 담판을 시작했다.

"왜 메뚜기 같은 걸 내 이불 속에 넣은 거지?"

"메뚜기가 뭐다요?"

맨 앞에 있는 학생이 말했다. 너무 침착해서 정이 안 간다. 여기 학교는 교장은 물론이고 학생들까지 뱅뱅 돌려 말하는 버릇이 있나 보다.

"메뚜기를 몰라? 모른다면 보여주지" 하고 자신 있게 말했는데 마침 다 쓸어버린 탓에 한 마리도 남아 있지 않다. 다시 사환을 불렀다.

"아까 버린 메뚜기 있잖아, 그거 다시 가져와."

"벌써 쓰레기통에 내버렸는데 다시 주워올까요?"

바로 주워오라는 말에 사환이 황급히 뛰어나갔다. 좀 있다가 사환이 종이에 메뚜기 열댓 마리 정도를 얹어 왔다.

"정말 죄송한데요, 밤이라 이것밖에 못 가져왔어요. 내일 더 가져오겠습니다."

사환까지 멍청하다. 나는 메뚜기 한 마리를 집어 들며 말했다.

"이게 메뚜기란 거야. 덩치는 산만 해가지고 메뚜기를 모른다는 게 말이 된단 말이냐!"

"고것은 방아깨비 아닐랑가요이."

맨 왼쪽 끝에 있던 얼굴이 둥그런 녀석이 건방지게 말대꾸를 했다.

"멍청한 놈, 방아깨비나 메뚜기나 그게 그거지. 아무리 그래도 선생님 앞에서 이럴랑가요이 저럴랑가요이가 뭐야? 랑가요이는 니들끼리 있을 때나 쓰는 거다."

요번엔 내가 거꾸로 찍소리 못하게 만들어줬다.

"메뚜기는 메뚜기고, 방아깨비는 방아깨비 아닐랑가요이."

죽을 때까지 이럴랑가요이, 저럴랑가요이 할 녀석이다.

"메뚜기든 방아깨비든 왜 내 이불 속에 넣은 거지? 내가 언제 메뚜기 좀 넣어 달라고 그랬어?"

"아무도 안 그랬당께요."

"집어넣지도 않은 게 왜 이불 속에 있는 거야?"

"방아깨비가 따땃한 곳을 좋아허니께 지들이 알아서 들어간 거 아니겠어라."

"이 녀석들아, 솔직히 말 안 해? 메뚜기가 알아서 들어갔다니! 누가 믿을 것 같아? 자, 빨리 말해, 왜 이런 장난을 쳤는지 말하라고!"

"워따, 말하라니. 우리가 안 그랬어라."

비겁한 놈들, 자기들이 했다고 당당하게 말하지도 못 할 거면 애당초 시작하지 말았어야지. 증거가 없다고 시미치를 뚝 떼고 배짱을 부리는 꼴이 영 마음에 안 든다.

나라고 중학교 다닐 때 장난 한 번 안 쳐봤을까. 그래도 누가 한 짓이냐고 묻는 말에 머뭇거리는 비굴한 짓은 한 번도 한 적이 없다. 한 건 했다, 안 한 건 안 했다고 말했다. 나 같은 사람은 아무리 장난을 쳤어도 결백하다. 거짓말을 해서 벌을 피할 생각이라면 처음부터 장난 같은 건 치지 말아야 한다. 장난을 치면 으레 벌이 따르기 마련이다. 벌이 있기 때문에 장난이 더 재밌는 것이다. 장난을 치면서 벌은 받지 않겠다니 그런 비열한 근성은 도대체 어디서 배운 것인가. 버젓이 돈을 빌려놓고 갚지 않는 놈들은 모두 이런 녀석들이 졸업해서 하는 짓이다. 대체 중학교에는 뭐 하러 들어온 거지? 기껏 학교에 들어와 거짓말이나 눈속임을 하기 바쁘고, 뒤에서는 좀스럽게 못된 장난이나 치고, 그렇게 뻔뻔스럽게 졸업하고는 교육받은 몸이라 뻐기고 다니겠지. 내 말이 먹힐 리가 없다.

나는 이 썩어빠진 놈들과 얘기하는 게 몹시 불쾌해서 "그렇게 잡아떼겠다면 더 이상 묻지 않겠다. 중학교까지 들어와 뭐가 교양 있는 행동이고 뭐가 천박한 행동인지도 모른다니, 정말 불쌍한 놈들이구나" 하고 여섯 놈들을 쫓아버렸다. 나는 언행으로 봐서 교양 있는 사람은 아니지만 마음만큼은 저놈들보다 훨씬 고상하다. 여섯 놈은 유유히 물러났다. 태도만 보면 선생인 나보다 훨씬 낫다. 실은 저렇게 침착하게 구는 게 더 얄미웠다. 내게는 저런 배짱이 없다.

다시 숙직실로 돌아가 이불 위에 누웠는데 좀 전의 소동으로 이미 모기장 안은 모기들로 득실거렸다. 모기를 한 마리씩 촛불에 태워버리는 건 너무 귀찮은 일이라 모기장의 끈을 풀어 길게 접은 다음 열십자 모양으로 흔들어댔는데, 그러다가 고리에 손등을 세게 맞았다. 다시 잠자리에 들었을 때는 좀 진정이 된 듯했지만 좀처럼 잠이 안 온다. 시계를 보니 10시 반이다.

생각해보니 꽤나 골치 아픈 곳이다. 도대체 중학교 선생이란 어딜 가도 이런 일을 상대해야 하는 것인가? 참 안된 일이다. 그런데도 선생이 모자라는 경우가 없는 걸 보면 참을성 강한 벽창호들이 선생이 되는가 보다. 나한테는 너무 벅차다. 그러고 보면 기요 같은 사람은 정말 훌륭하다. 못 배우고 신분도 낮은 할멈이지만 한 인간으로서는 존경할 만하다. 그렇게 신세를 지고도 고마움을 많이 못 느꼈는데 이렇게 혼자 먼 곳에 떨어져 있어 보니, 처음으로 그 마음 씀씀이를 알겠다. 에치고의 댓잎 엿이 먹고 싶다면 일부러 에치고까지 가서 사다 줘도 아깝지 않다. 기요는 늘 나에게 욕심이 없고 올곧은 성품을 가졌다고 칭찬했지만, 칭찬받는 나보다 칭찬하는 본인이 훨씬 훌륭한 사람이다. 왠지 기요가 보고 싶어졌다.

기요를 생각하면서 뒤척이고 있는데 갑자기 머리 위에서 삼사십 명이나 될까 한 사람들이 2층의 바닥이 꺼질 정도로 쿵쿵쿵 박자를 맞춰 구르는 소리가 났다. 뒤이어 발소리만큼 큰 함성이 일었다. 나는 도대체 무슨 일인가 하고 놀라서 벌떡 일어났다. 그 순간 갑자기

이 모든 상황이 이해가 됐다. 좀 전의 앙갚음을 한다고 학생들이 이렇게 날뛰는 거였다.

'너희 놈들이 나쁜 짓을 했다고 잘못을 빌지 않는 한 죄는 없어지지 않아. 무슨 나쁜 짓을 했는지는 너희들이 더 잘 아니까 보통은 잠자리에 들면서 후회가 되기 마련이지. 그래서 내일 아침 일찍 잘못했다고 빌러 오는 게 마땅해. 설령 그렇게 안 한다고 해도 얌전하게 잠자리에 드는 게 맞지. 그런데 이 소동은 또 뭐지? 기껏 기숙사를 지어놓고 돼지라도 키우는 건 아닐 테고, 미쳐 날뛰는 것도 유분수지.'

어디 한번 해보자 싶어서 잠옷 바람으로 숙직실을 뛰쳐나가 계단을 두세 칸씩 건너뛰며 단숨에 2층까지 올라갔다. 그런데 정말 이상하게 지금까지 쿵쾅쿵쾅 요란한 소리를 내며 날뛰던 소리가 갑자기 멈추더니 사람 소리는커녕 발소리조차 나지 않았다. 거참, 이상한 일이로다. 등은 전부 꺼져 있어서 사방이 어두우니 어디에 뭐가 있는지 확실하게는 알 수 없으나, 인기척이 나는지 어쩐지는 대강 짐작할 수 있다. 동쪽에서 서쪽으로 길게 뻗은 복도에는 쥐새끼 한 마리도 없었다. 반대편 복도 끝에 달빛이 비쳐 들어 그쪽은 아주 밝았다.

아무래도 이상하다. 나는 어릴 적부터 꿈을 자주 꿨는데 자다가 벌떡 일어나 알 수 없는 잠꼬대를 해서 웃음거리가 되는 일이 잦았다. 열여섯인가 열일곱에는 다이아몬드를 줍는 꿈을 꾸다가 벌떡 일어나서 옆에 있던 형에게 다이아몬드 어쨌냐고 아주 심각하게 물어본 적도 있다. 그때는 사흘 내내 집안의 웃음거리가 되어 고개를 못 들고 다녔다.

어쩌면 이것도 꿈일지 모른다. 그런데 아까 분명 쿵쾅거렸는데……. 꿈인가 생시인가 하며 복도 한가운데에서 생각에 잠겨 있는데 갑자기 달빛이 비추는 저쪽 구석에서 "하나, 둘, 셋, 와!" 하고 삼사십 명쯤 되는 목소리가 한데 울려 퍼지는가 싶더니, 아까처럼 장단을 맞춰 바닥을 구르는 소리가 났다.

이것 봐, 꿈이 아니야. 역시 진짜였어. "조용히 해! 한밤중이라구!" 하며 나도 뒤질세라 소리를 지르면서 복도 끝으로 뛰어갔다. 지나는 길은 어두웠지만 달빛이 비추는 곳만 바라보며 힘껏 내달렸다. 그렇게 한 3미터나 갔을까, 복도 가운데에 뭔가 딱딱하고 큰 것에 정강이를 부딪치고 말았다. '아, 아프다' 하는 생각이 머리를 스치는 사이 몸이 쿵 하고 앞으로 고꾸라졌다. "이런 제길" 하며 일어났는데 도저히 뛸 수가 없다. 마음은 급해 죽겠는데 몸이 말을 듣지 않는다. 조바심이 나서 한 발로 뛰어가 봤는데 이미 발소리도 사람 소리도 잠잠해져 주위가 아주 조용했다.

아무리 비열한 놈들이라지만 어쩜 이렇게까지 비열하게 굴 수 있는지. 인간이라 할 수 없다. 그야말로 돼지다, 돼지. 이렇게 된 이상 숨어 있는 놈들을 전부 끌어내서 사과를 받아낼 때까지는 절대 물러서지 않겠다고 결심한 후 방문을 열어 검사하려고 했는데 문이 꿈쩍도 안 한다. 자물쇠가 채워져 있는 건지 책상 같은 걸로 막아놓은 건지 아무리 밀어도 문이 열리지 않는다. 혹시나 해서 맞은편 북쪽 방문도 밀어봤는데 역시나 마찬가지다. 숨어 있는 놈들을 끌어내려고 안달이 나 있는데 다시 동쪽 구석에서 함성과 발장단이 시작되었다. 이놈들, 아주 동서로 짜고 나를 바보로 만드는구나. 약이 바짝 올랐지만 이제 어째야 좋을지 모르겠다. 솔직히 말하면 나는 용기가 넘치는 것에 비해 지혜가 부족하다. 이럴 땐 어떻게 하는 게 좋을까 뾰족한 수가 떠오르지 않았다. 그렇다고 해서 그냥 봐줄 마음은 눈곱만큼도 없다. 이대로 포기해버리면 내 체면이 뭐가 되나. 도쿄 토박이는 패기가 없다는 말을 들을 순 없다. 숙직을 하다 코흘리개 애들의 장난에 놀아난 것도 억울한데, 손쓸 방법이 없어 어찌 할 바를 모르다가 포기해버렸다는 이야기를 듣는다면 평생의 불명예다.

이래 봬도 나는 하타모토(에도시대 대대로 장군을 지낸 명가) 집안이다. 하타모토 집안은 세이와 겐지(세이와 천황에서 나와 겐지의 성을 받은 씨족)로 다다노 만주(헤이안 시대 중기의 장군)의 후손이다. 이런 데서 농사나 짓는 놈들과는 태생이 다르단 말이다. 단지 지혜가 부족해서 이 상황을 어떻게 헤쳐 나가야 할지 모르는 게 안타까울 따름이다. 그렇다고 그냥 물러날 내가 아니다. 너무 정직해서 어떻게 해야 할지 모르는 것뿐. 하지만 이 세상에 정직함이 이기지 않으면 무엇이 이기겠는가. 오늘 밤 못 이기면 내일 이기고, 내일 못 이기면 모레 이길 테다. 모레도 안 된다면 하숙집에 도시락을 싸 달라고 해서 이길 때까지 여기 있겠다. 나는 이렇게 결심하고 복도 한가운데 책상다리를 하고 앉아 날이 밝기를 기다렸다. 모기가 웽웽거리며 날아다니는 것쯤 아무렇지도 않았다. 아까 부딪힌 정강이를 만져보니 뭔가 끈적끈적하다. 피가 난 것 같다. 피야 나오고 싶으면 제멋대로 나오라지. 그런데 문득 피곤이 몰려와 나도 모르게 그만 꾸벅꾸벅 졸고 말았다.

뭔가 소란스러운 소리에 눈을 떴다가 벌떡 일어났다. 내가 앉아 있던 자리 오른쪽 문이 반쯤 열려 있고 학생 둘이 내 앞에 서 있었다. 나는 정신을 차리고 재빨리 코앞에 있는 녀석의 다리를 붙잡아 힘껏 잡아당겼고, 녀석은 발라당 뒤로 자빠졌다. 꼴좋다. 남은 한 명이 잠시 당황한 틈을 타 그놈마저 덮쳤다. 어깨를 누르고 한두 번 흔들어 댔더니 얼이 빠져 눈을 꿈벅꿈벅했다. “자, 내 방으로 따라와!” 하고 일으켜 세우니 겁을 먹었는지 두말없이 따라왔다. 날은 이미 밝았다.

숙직실로 데려온 두 놈을 추궁했지만 “모르겄는디요”만 반복할 뿐 자백하려 들지 않았다. 아무리 용을 써도 돼지는 돼지일 뿐이다. 그러는 사이 아이들이 하나둘씩 2층에서 숙직실로 모여들기 시작했다. 보아 하니 모두 졸린 듯 눈이 부어 있다. 변변찮은 놈들.

“하룻밤 못 잤다고 그런 얼굴로 돌아다녀서야 사내대장부라고 할 수 있겠어? 얼굴이라도 씻고 와!” 했지만 아이들은 꿈쩍도 하지 않았다.

하는 수 없이 오십 명 남짓 되는 아이들을 상대로 한 시간가량 실랑이를 하고 있는데 난데없이 너구리가 나타났다. 나중에 듣자 하니 사환이 교장에게 달려가서 학교에 소동이 났다고 일부러 일러바쳤다고 한다. 요깟 일로 교장에게 쪼르르 달려가다니 간이 작기도 하지. 그러니까 중학교 사환이나 하고 있는 거다.

교장은 내 얘기를 대강 듣고는 아이들의 변명도 조금 들어주었다.

"나중에 처분이 내려질 때까지 평소처럼 수업에 들어가도록. 빨리 세수하고 아침을 먹지 않으면 지각하니까 서둘러."

교장은 기숙생들을 전부 돌려보냈다. 뭐, 이런 미온적인 처사가 있나. 나라면 지금 당장 모조리 퇴학시켜버릴 텐데. 이렇게 설렁설렁하게 구니까 학생들이 선생님을 바보 취급하는 거다. 그리고 교장은 나에게도 "선생도 걱정하느라 잠도 못 자고 피곤할 테니 오늘은 수업에 안 들어가도 괜찮네" 하고 말했다. 나는 이렇게 대답했다.

"아닙니다, 조금도 걱정하지 않았습니다. 이런 일이 매일 밤 일어난다 해도 목숨이 붙어 있는 한 걱정은 안 됩니다. 수업은 하겠습니다. 하룻밤 못 잤다고 수업이 안 될 정도라면 월급을 일부 반납하겠습니다."

교장은 무슨 생각을 했는지 잠시 동안 내 얼굴을 물끄러미 바라보다가 "얼굴이 꽤 부었다네" 하고 귀띔해줄 뿐이었다. 어쩐지 얼굴이 좀 묵직한 것 같더라니. 게다가 얼굴 전체가 가렵다. 모기에게 어지간히 물린 모양이다.

나는 얼굴을 벅벅 긁으며 "얼굴이 많이 부었어도 말은 할 수 있으니까 괜찮습니다. 수업에는 지장이 없어요" 하고 대답했다. 교장은 웃으면서 "기운이 넘치는군" 하고 칭찬했다. 아마 칭찬한 게 아니라 비꼰 거겠지만.

어느 날 빨간 셔츠가 내게 “이보게, 낚시하러 가지 않겠나?” 하고 물었다. 빨간 셔츠는 목소리가 너무 상냥해서 비위가 상할 정도다. 도무지 목소리만으로는 남잔지 여잔지 알 수가 없다. 남자라면 남자다운 목소리를 내야 마땅하다. 게다가 빨간 셔츠는 대학까지 나온 사람이 아닌가. 물리전문학교 출신인 나도 이 정도 목소리가 나오는데, 문학사가 여자 같은 목소리를 내다니 꼴사납다.

내가 “낚시요?” 하고 약간 내키지 않는다는 듯 대답했더니 낚시를 해본 적이 있냐고 무례한 질문을 한다.

“낚시를 많이 해보진 않았지만, 어릴 적 고메의 유료 낚시터에서 붕어 세 마리를 낚은 적이 있습니다. 그리고 가구라자카 수호신의 제삿날에 여덟 치(약 25센티미터) 정도 되는 잉어를 낚을 뻔한 적도 있어요. 바늘에 걸려들었는데 잡았다고 생각한 순간 물속으로 풍덩 미끄러져버리고 말아서 지금 생각해도 아까워 죽겠습니다."

빨간 셔츠가 턱을 앞으로 내밀고 호호호호 하고 웃었다. 일부러 그렇게 과장되게 웃지 않아도 될 텐데.

"그러면 아직 낚시의 묘미를 모르겠군. 원한다면 내가 좀 알려주지" 하고 우쭐거린다. 누가 배우겠다고 저러는지 모르겠다. 낚시와 사냥을 즐기는 자들은 죄다 인정 없는 인간들뿐이다. 인정머리가 없으니까 살생을 해놓고 그렇게들 좋아하는 것이다. 물고기든 새든 당연히 죽는 것보다야 살아 있는 게 더 즐거운 법. 낚시나 사냥을 하지 않으면 먹고살 수 없다면 몰라도, 뭐 하나 부족한 것 없이 사는 사람들이 살아 있는 생명을 죽이지 않고서는 배길 수 없다니 분에 넘치는 소리다.

이런 생각들이 꼬리에 꼬리를 물고 이어졌지만 상대가 문학사라 언변이 유창하니 말로는 이길 수 없을 것 같아 입을 다물고 있었다. 그랬더니 빨간 셔츠는 내가 넘어간 줄 알고 "자, 빨리 하는 게 좋겠지? 별일 없으면 오늘 어떤가? 같이 가지" 하고 재촉한다. 요시카와 선생이랑 둘만 가면 심심하니까 같이 가자는 거다. 요시카와 선생은 미술 선생으로 그 알랑쇠를 말한다. 이 사람은 무슨 꿍꿍이인지, 아침저녁으로 빨간 셔츠의 집에 들락날락거리며 어디든 빨간 셔츠의 뒤를 쫄쫄 쫓아다닌다. 동료라기보다는 주인과 하인의 관계 같다. 빨간 셔츠가 가는 곳에는 알랑쇠가 따라가기 마련이라 알랑쇠와 낚시를 간다고 해서 새삼스러울 것도 없다. 그러면 둘이 가면 될 걸 왜 퉁명스러운 나한테까지 같이 가자고 하는 걸까. 아마 건방지게 낚시를 즐기다가 자기가 잡은 걸 나한테 자랑하고 싶어서 꼬드긴 게 틀림없다. 물고기 몇 마리 잡은 것 가지고 호들갑을 떨 내가 아니다. 설령 참치를 몇 마리 잡았다고 한들 꿈쩍할 성 싶으냐. 나도 사람인데 아무리 솜씨가 없어도 낚싯줄을 드리우기만 하면 뭔가 걸리긴 걸릴 것이다. 여기서 내가 안 간다고 하면 빨간 셔츠는 내가 낚시를 잘 못 하니까 안 간다는 둥 싫어하니까 안 간다는 둥 말도 안 되는 오해를 할 게 뻔하다. 그래서 가겠다고 했다.

수업을 마치고 일단 집에 가서 필요한 것들을 챙긴 다음 정거장에서 빨간 셔츠와 알랑쇠를 만나 바닷가로 갔다. 사공은 한 명이었고, 배는 도쿄 근방에서는 본 적 없는 좁고 길쭉한 모양새였다. 아까부터 배 안을 이리저리 살폈지만 낚싯대라곤 코빼기도 안 보였다. "낚싯대 없이 낚시를 할 수 있나요? 어떻게 하실 거죠?" 하고 알랑쇠에게 물어보았더니 "바다낚시를 할 땐 낚싯대가 필요 없어요. 줄만 있으면 됩니다" 하고 턱을 쓰다듬으며 마치 전문가인 양 군다. 이렇게 찍소리도 못할 거였으면 가만히나 있을 걸 그랬다.

사공은 천천히 노를 젓는 것 같았지만 숙련된 기술이란 무서운 것이다. 뒤를 돌아보니 벌써 뭍이 까마득하게 보일 정도로 멀리 왔다. 건너편에 푸른 섬이 보인다. 사람이 살지 않는 섬이라고 한다. 자세히 보니 돌과 소나무 천지다. 하긴 돌과 소나무밖에 없는데 사람이 어떻게 살겠는가. 빨간 셔츠는 경치가 훌륭하다고 감탄했다. 알랑쇠는 "절경이고말고요" 하고 맞장구를 쳤다. 절경인지 어떤지는 모르겠지만 어쨌든 기분이 좋다. 넓은 바다 위에서 바닷바람을 맞는 일은 즐거웠다. 문득 배가 고파왔다.

빨간 셔츠가 "저 소나무 좀 보게. 줄기가 곧고 솔잎들이 우산처럼 펼쳐진 게 터너(윌리엄 터너, 영국의 풍경화가)의 그림 같군" 하고 알랑쇠에게 말하자 알랑쇠는 "정말 터너 맞네요. 아무리 해도 저런 곡선은 안 나오지요. 터너의 그림 그대로예요" 하고 아는 체를 했다. 터너가 누구인지는 모르겠지만, 몰라도 곤란할 일은 아니니 가만히 있었다.

배는 섬을 오른쪽으로 빙 돌았다. 파도가 전혀 없다. 정말 바다 위에 떠 있는 것인지 의심스러울 정도로 평온하다. 빨간 셔츠 덕분에 유쾌한 한때를 보내게 되었다.

할 수 있다면 저 섬 위에 올라가보고 싶다는 생각이 들어서 "저 바위가 있는 곳에 배를 댈 수 있을까요?" 하고 물어보았다. 그랬더니 빨간 셔츠가 "못 댈 것은 없지만 바위가 많으면 낚시하기가 곤란하지" 하고 반대했다. 나는 아무 말 않고 가만히 있었다. 그러자 옆에 있던 알랑쇠가 "어떻습니까, 교감 선생님. 앞으로 저 섬을 터너 섬이라고 부르면" 하고 쓸데없는 얘길 꺼냈다. 빨간 셔츠는 "재밌는데? 그럼 우리 이제부터 그렇게 부르도록 하지" 하고 찬성했다. 우리에 나도 포함되는 거라면 달갑지 않다. 나는 '푸른 섬'으로 충분하다.

"어떻습니까? 저 바위 위에 라파엘의 마돈나를 올려두면. 좋은 그림이 될 겁니다" 하고 알랑쇠가 말하자, "마돈나 얘기는 그만두지, 호호호호" 하고 빨간 셔츠가 실실 웃었다. "아무도 없는데요 뭘. 괜찮을 겁니다" 하고 힐끔 내 쪽을 쳐다보더니 일부러 고개를 돌리고는 히죽히죽 웃었다.

나는 왠지 기분이 나빴다. 마돈나를 세우든 고단나(주인 아들을 가리키는 말)를 세우든 내 알 바 아니지만, 알아들을 수 없는 소리를 하면서 어차피 못 알아들으니까 상관없다는 태도는 뭔가. 참으로 천박한 행동이 아닐 수 없다. 그러면서 "나는 도쿄 토박이올시다" 하고 떠들고 다니다니. 마돈나란 아무래도 빨간 셔츠가 잘 아는 기생의 별명인 것 같다. 단골집 기생을 무인도의 소나무 아래에 세워놓고 보겠다니 어이가 없다. 그렇다면 알랑쇠가 아예 그림으로 그려서 전시회에 출품이라도 하지.

사공은 이쯤이 좋을 것이라며 배를 멈추고 닻을 내렸다. "수심이 몇 길이나 되려나?" 하고 빨간 셔츠가 물으니 여섯 길(약 15미터) 정도라고 한다. 빨간 셔츠는 여섯 길이면 도미는 어렵겠다며 낚싯줄을 바다에 던졌다. 아주 큰 놈으로 잡을 작정인가 보다. 통 한번 크다. 알랑쇠는 "교감 선생님 솜씨라면 충분히 잡을 겁니다. 바다도 잔잔하구요" 하고 아첨을 하며 낚싯줄을 풀어 던졌다. 그런데 줄 끝에 낚싯

봉 같은 납만 매달려 있을 뿐 찌가 안 보인다. 찌 없이 낚시를 하는 건 온도계 없이 열을 재는 것과 같다. 나는 아무래도 못 할 것 같아서 그냥 보고만 있었더니 “자, 선생도 하셔야지. 줄은 있는가?” 하고 묻는다. 줄은 충분하지만 찌가 없다고 대답하자 빨간 셔츠가 아는 척을 했다.

“찌가 없다고 낚시를 못 한다는 건 초짜들이나 하는 소리지. 이렇게 해서 줄이 바다 밑까지 내려가면 뱃전에서 집게손가락으로 움직임을 재는 거라네. 물면 바로 느낌이 오지.”

그러더니 갑자기 “그래, 왔구나” 하고 줄을 잡아당기기 시작하길래 뭔가 걸린 줄 알았는데 아무것도 없다. 미끼만 먹고 도망간 모양이다. 고소하다. 그러자 옆에 있던 알랑쇠가 이상한 소리를 늘어놓는다.

“교감 선생님, 정말 아깝네요. 이번 건 큰 놈이 확실했는데. 교감 선생님 솜씨를 피해간 걸 보면 오늘은 마음을 놓을 수 없겠군요. 하긴 또 놓치면 어떻습니까? 찌만 노려보며 이제나저제나 하는 자들보다는 훨씬 낫습니다. 브레이크 없다고 자전거를 못 타는 사람과 마찬가지 아니겠습니까?”

순간 한 대 때려주고 싶은 충동이 일었다. 교감 혼자 전세 낸 바다도 아니고 넓디넓은 곳이다. 나도 사람인데 다랑어 한 마리 안 걸려들까 싶어서 추가 달린 줄을 바닷물에 던져놓고 적당히 손끝으로 조종하며 기다렸다.

조금 있으려니 뭔가 까딱까딱 줄 끝에 움직이는 느낌이 났다. 나는 물고기가 걸린 게 틀림없다고 생각했다. 살아 있는 놈이 아니고서야 이렇게 줄을 당겼다 말았다 하는 느낌이 들 리 없다. '걸렸다, 잡았어' 하고 줄을 쭉쭉 잡아당겼다.

"이야, 잡았어요? 청출어람이라더니" 하고 알랑쇠가 비꼬는 사이 줄을 거의 다 끌어당겨 1.5미터가량만 물속에서 끌어올리면 되는 상태였다. 뱃전에서 몸을 내밀어 내려다보니 금붕어처럼 무늬가 있는 물고기가 줄에 매달려 바둥거리며 내가 줄을 움직이는 대로 끌려왔다. 재밌다. 물고기가 물 밖으로 나오면서 파닥거리는 바람에 얼굴에 바닷물을 뒤집어쓰고 말았다. 가까스로 붙잡아 바늘을 떼어내려고 하는데 마음처럼 쉽지가 않다. 게다가 손이 미끄덩거리는 게 감촉이 좋지 않았다. 번거로워서 줄을 잡고 휘두르며 바닥에 내리쳤더니 물고기는 바로 죽어버렸다. 빨간 셔츠와 알랑쇠는 입을 벌리고 쳐다보고 있었다.

나는 바닷물에 손을 담가 박박 씻고는 코에 손을 갖다 대고 냄새를 맡아봤다. 여전히 비린내가 났다. 이제 물고기는 쳐다보기도 싫다. 또 뭐가 걸려든다 해도 물고기를 만지고 싶지는 않다. 물고기도 잡히고 싶지 않은 건 마찬가지겠지만. 서둘러 줄을 감아버렸다.

"제일 먼저 잡은 건 좋지만 고르키(놀래기의 한 종류)라면……" 하고 알랑쇠가 또 건방을 떨자 빨간 셔츠가 "고르키라고 하니 꼭 러시아의 문학가 고리키를 말하는 것 같네" 하고 농담을 했다.

"그렇네요, 정말 고리키랑 비슷하네요" 하고 알랑쇠가 맞장구를 쳤다. 고르키가 러시아의 문학가라면 마루키(일본 최초로 사진 스튜디오를 차린 사진사)는 시바 구에서 일하는 사진사요, 코메노나루키(쌀이 되는 나무)는 생명의 은인이겠다. 이것도 빨간 셔츠의 나쁜 버릇이다. 누굴 만나도 외국인의 이름을 붙여주고 싶어 한다. 각자 잘하는 분야가 있게 마련인데, 나 같은 수학 교사가 고리킨지 샤리키(인력거꾼)인지 알 게 뭐냐. 조금 자제하는 게 좋을 것 같다. 이왕이면 《프랭클린 자서전》(당시 일본의 중학교 영어 교과서에 수록)이라든가 《푸싱 투 더 프런트》(Pushing to the front, 오리슨 마덴 박사의 처세술에 관한 책)라든가, 아무튼 나도 알 만한 얘기를 해야 할 것 아닌가.

빨간 셔츠는 가끔 〈제국문학〉이라나 뭐라나 하는 새빨간 문학잡지를 학교에 가져와 애지중지하며 읽었다. 고슴도치에게 물어봤더니 빨간 셔츠가 떠들어대는 외국 사람 이름은 모두 그 잡지를 보고 안 것이라 한다. 그러니 빨간 셔츠가 저러는 데는 〈제국문학〉에도 책임이 있다.

그 뒤로 빨간 셔츠와 알랑쇠는 낚시에 몰두했다. 한 시간 남짓 둘이서 열대여섯 마리를 잡아 올렸는데, 아무리 잡아도 전부 고르키뿐이다. 도미 같은 건 약에 쓸래도 없었다. 빨간 셔츠가 오늘은 러시아

문학의 대성공이라고 하자 알랑쇠는 “교감 선생님 같이 솜씨가 좋은 분도 고르키를 잡으시니 저 같은 사람이 고르키밖에 못 낚는 건 너무 당연하지요” 하고 입에 발린 소리를 했다.

사공에게 물어보니 이 작은 물고기는 가시가 많고 맛도 없어서 먹기는 힘들고, 그냥 비료로나 쓴단다. 따지고 보면 빨간 셔츠와 알랑쇠는 아주 열심히 비료를 낚고 있는 셈이다. 딱하기는. 나는 한 마리 잡은 걸로도 싫증이 나서 아까부터 드러누워 하늘을 보고 있었다. 낚시를 하는 것보다는 이렇게 하늘을 보고 있는 게 훨씬 멋스럽다.

두 사람은 나지막한 소리로 뭔가를 소곤거리기 시작했는데, 소리가 너무 작아서 내겐 잘 안 들렸다. 별로 듣고 싶지도 않다. 나는 하늘을 보며 기요를 생각했다. 돈이 있어 기요를 데려오고, 이렇게 아름다운 곳에 같이 놀러오면 참 좋을 텐데. 아무리 좋은 경치라고 해도 알랑쇠 같은 사람과 함께라면 재미가 없다.

기요는 주름이 자글자글한 노인네지만 어디를 데려가도 부끄럽지 않은 사람이다. 알랑쇠 같은 자는 마차를 타든 배를 타든 료운카쿠(도쿄의 아사쿠사 공원에 있던 12층 탑으로 관동대지진 때 붕괴됨)에 같이 가든, 기요와 함께 다니는 것과는 도저히 비교할 수가 없다. 내가 교감이었으면 나에게 굽실거리며 아첨을 해댔을 것이고, 빨간 셔츠가 나였다면 빨간 셔츠를 비웃었을 것이다. 흔히들 도쿄 토박이를 보고 경박하다고들 하는데, 과연 저런 자가 시골을 돌아다니며 “나는 도쿄 토박이

올시다" 하고 말하고 다니면 시골사람들은 경박함은 곧 도쿄 토박이이며 도쿄 토박이는 경박하다고 생각할 게 뻔하다. 이런 생각에 잠겨 있는데 무슨 일인지 둘이서 킬킬킬 웃음을 터뜨렸다. 웃음소리 중간중간에 무슨 말이 들리긴 했지만 띄엄띄엄 들려서 제대로 알아들을 수가 없다.

"뭐? 어떤가……."

"전혀…… 모르니까…… 그것도 죄지요."

"설마……."

"메뚜기를…… 정말입니다."

다른 말은 그냥 흘려들었지만 알랑쇠의 입에서 '메뚜기'라는 말이 나왔을 때는 나도 모르게 솔깃했다. 알랑쇠는 무슨 이유인지 메뚜기라는 단어에만 일부러 힘을 주어 내 귀에 확실하게 들어오도록 하더니, 그다음 말은 얼버무렸다. 나는 움직이지 않고 계속 귀를 기울였다.

"또 그 홋타가……."

"그럴지도 모르고……."

"튀김…… 하하하하하."

"부추겨서……."

"경단도?"

말은 이렇게 들렸다 끊어졌다 했지만, 메뚜기라든가 튀김이라든가 경단이라든가 하는 걸로 짐작하건데, 아무래도 내 얘길 하고 있는 것 같다. 얘기를 할 거면 좀 더 큰 소리로 하든지. 또 나를 갖고 이러니 저러니 할 거면 같이 오자고 하지 말아야지. 진짜 마음에 안 드는 자들이다. 메뚜기든 꼴뚜기든 내겐 아무 잘못이 없다. 교장이 일단 자기에게 맡기라고 하니까 너구리의 체면을 생각해서 참고 있는 것뿐이다. 알랑쇠는 자기가 뭐라고 쓸데없는 참견을 하는 건지 모르겠다. 방 안에서 붓이나 빨며 조용히 있을 것이지. 내 일이니까 내가 알아서 하면 될 문제지만, '홋타'라든가 '부추겨서'라든가 하는 말이 마음에 걸린다. 홋타가 나를 부추겨 소동을 크게 만들었다는 의미인지, 홋타가 학생을 선동해 나를 괴롭혔다는 건지 감을 잡을 수가 없다. 푸른 하늘을 보고 있자니 햇빛이 점점 약해지며 바람이 약간 쌀랑해지기 시작했다. 향을 피웠을 때의 연기 같은 구름이 투명한 바다 위를 조용히 뻗어 가는가 싶더니, 어느 순간 엷게 안개가 낀 듯 주변이 뿌옇게 변했다.

갑자기 정신이 난 듯 빨간 셔츠가 "이제 돌아갈까?" 하자 알랑쇠는 "네, 벌써 돌아갈 시간이 됐네요. 그런데 오늘 밤은 마돈나…… 그분과 만나시는 겁니까?" 하고 말을 받았다. 빨간 셔츠는 "바보 같은 소리, 그런 걸 말하면 어떡하나. 잘못하면……" 하면서 뱃전에 기대 있던 몸을 약간 일으켜 세웠다. "에헤헤헤 괜찮습니다. 들어봤자……" 하고 알랑쇠가 뒤돌아보는 순간, 나는 눈을 부릅뜨고 알랑쇠를 똑바로 쏘아보았다. 알랑쇠는 눈이 부신 듯 다시 뒤로 홱 돌더니 "이야, 요놈들은 벌써 항복이구나" 하고 목을 움츠리며 머리를 긁적였다. 뭐 이런 시건방진 놈이 다 있나.

배는 조용한 바다를 저어 뭍을 향해 간다. "자네, 낚시가 별로 재미없었나 보군" 하고 빨간 셔츠가 묻길래 "네, 누워서 하늘을 보는 게 훨씬 좋네요" 하고 대답하면서 피고 있던 담배를 바다 속으로 던져버렸다. 담배는 칙 하는 소리를 내더니 노가 헤쳐놓은 물결 위를 넘실거리며 멀어져갔다. 빨간 셔츠가 이번에는 낚시와 전혀 상관없는 얘기를 꺼냈다.

"자네가 와서 학생들도 매우 좋아하고 있으니 분발해주게나."

"별로 좋아하는 것 같지 않던데요."

"아니, 듣기 좋으라고 하는 말이 아니야. 정말이라네. 그렇지, 요시카와 선생?"

"좋아하다마다요. 아주 야단법석이에요."

알랑쇠가 기분 나쁘게 히죽거렸다. 이 작자가 내뱉는 말 한마디 한마디가 거슬리니 그것도 참 이상하다.

"그렇다고 방심해선 안 되네. 위험할 수 있어" 하고 빨간 셔츠가 덧붙였다. 그래서 "위험한 거야 어쩔 수 없죠. 그 정도는 이미 각오하고 있습니다" 하고 대답했다. 나는 실제로 학교를 그만두든지 장난 친 학생들의 사과를 전부 받아내든지 과감히 하나를 선택할 생각이었다.

"그렇게 말하니 더 이상 이래라저래라 할 생각은 없지만, 나도 교감으로서 자네를 생각해서 하는 말이니 나쁘게 생각하진 말게."

"정말입니다. 교감 선생님은 선생에게 호의를 갖고 있어요. 나도 미흡하나마 같은 도쿄 출신이니까, 선생이 될 수 있으면 오래 학교에 남아주길 바라고 있습니다. 서로 힘이 될 거라 생각합니다. 이래 봬도 남몰래 애쓰고 있거든요."

알랑쇠가 평소답지 않은 말을 했다. 알랑쇠의 신세를 지느니 콱 목을 매 죽는 게 낫지.

"그래서 말인데, 학생들은 자네가 온 것을 아주 좋아하고 있네만 거기에는 여러 가지 사정이 있어서 말이야. 자네도 화나는 일이 있을 테지만 그때야말로 참아야 할 때라고 생각하고 그냥 넘어가주게. 결코 자네에게 피해를 주는 일은 없을 테니까."

"여러 가지 사정이란, 어떤 사정을 말하시는 겁니까?"

"그게 조금 복잡하게 얽혀 있는데, 뭐, 시간이 지나면 차츰 알게 될 거네. 내가 얘기 안 해도 자연스레 알게 될 거야. 그렇지, 요시카와 선생?"

"네, 보통 복잡한 게 아니라서 하루아침에 아는 건 좀 무리죠. 하지만 곧 알게 될 겁니다. 내가 말 안 해도 자연스레 알게 될 거예요."

알랑쇠도 빨간 셔츠와 같은 말을 한다.

"그렇게 복잡한 일이라면 몰라도 되겠지만, 선생님들이 먼저 이야기를 꺼냈으니 물어본 겁니다."

"그도 일리가 있는 말이군. 이쪽에서 이야기를 꺼내놓고 뒷얘기는 몰라도 된다고 하는 것도 무책임한 일이지. 그러면 이 정도만 알고 있게나. 실례되는 말이지만 자네는 아직 졸업한 지 얼마 안 된 새내기 교사라 모르는 게 있어. 학교라는 곳은 나름의 사정이 있는 곳으로 학생 때처럼 그렇게 단순하게 돌아가지는 않는다네."

"단순하게 돌아가지 않으면 어떻게 돌아간다는 겁니까?"

"자네가 그렇게 직설적이니 아직 경험이 부족하다고 말하는 거네만……."

"경험이야 부족합니다. 이력서에도 썼지만 스물세 해하고 넉 달밖에 살지 않았으니까요."

"자, 그러니까 생각지도 못한 부분에서 이용당하는 경우가 있다네."

"저만 정직하다면 누가 이용한다고 해도 두려울 게 없습니다."

"물론 두려워할 건 없지. 두려워하지 않아도 이용당할 수 있다네. 실제로 자네 전임자가 당했으니까 조심하지 않으면 안 된다는 거야."

알랑쇠가 잠잠하다 싶어서 뒤를 돌아보니 어느샌가 뱃머리에서 사공과 낚시 이야기를 하고 있다. 알랑쇠가 없으니 얘기하기가 편하다.

"제 전임자가 누구에게 이용당했단 말씀입니까?"

"그 사람의 체면이 걸려 있는 일이니 누구라고 딱 집어 말해줄 수는 없네. 또 확실한 증거가 없으니 섣불리 말했다간 이쪽 잘못이 돼버려. 어쨌든 자네가 모처럼 와주었는데 여기서 잘 적응하지 못하면 우리도 자네를 부른 보람이 없어지네. 모쪼록 조심하게나."

"그렇게 말씀하셔도 이 이상 어떻게 더 조심합니까? 나쁜 짓만 안 하면 되는 거 아닌가요?"

말이 끝나기가 무섭게 빨간 셔츠가 호호호호 웃었다. 내가 비웃음 당할 이야기라도 했나? 나는 이곳에 오기 전까지만 해도 나만 진실하면 된다고 굳게 믿고 있었다. 생각해보면 세상의 많은 사람들이 나쁜 짓을 하도록 부추기고 있는 것 같다. 나쁜 짓을 하지 않으면 사회에서 성공할 수 없다고 믿는 것이다. 어쩌다 솔직하고 순수한 사람을 보면 '도련님'이라는 둥 '어린애'라는 둥 하면서 트집을 잡아 경멸하기 바쁘다. 그럴 거면 초등학교와 중학교에서 '거짓말을 하지 마라', '솔직해라' 하고 가르치지 않는 게 낫다. 차라리 거짓말을 하는 법이나 사람을 믿지 않는 기술, 혹은 남을 밟고 올라서는 술책 같은 걸 알려주는 게 이 세상을 위해서나 당사자를 위해서 나을 것이다. 빨간 셔츠가 호호호호 웃은 것은 나의 단순함을 비웃었기 때문이다. 단순함과 진솔함이 비웃음당하는 세상이라면 어쩔 도리가 없다. 기요는 이런 나를 비웃기는커녕 감탄하며 자랑스러워했다. 기요가 빨간 셔츠보다 훨씬 훌륭하다.

"물론 나쁜 짓을 하지 않는 게 좋겠지. 하지만 자기만 나쁜 짓을 안 한다고 끝나는 게 아니야. 다른 이의 나쁜 점을 알아채지 못하면 역시 화를 당하게 되지 않겠나? 이 세상에는 아무리 마음이 넓어 보여도, 아무리 소탈해 보여도, 혹은 친절하게 하숙집을 찾아준다고 해도 좀처럼 방심해선 안 되는 사람이 있는 법이니……. 꽤 쌀쌀해졌군. 벌써 가을이 온 모양이야. 바다는 벌써 안개가 짙어져 붉게 물들었군. 멋지네. 이보게, 요시카와 선생. 어떤가? 저 경치가……."

빨간 셔츠가 큰 소리로 알랑쇠를 불렀다.

"이야, 정말 멋진 풍경이네요. 시간이 있으면 스케치라도 하고 싶은데, 아쉽네요. 그냥 두기 아깝습니다."

알랑쇠가 호들갑을 떨며 맞장구를 쳤다.

미나토야 여관 2층에 불이 하나 켜지고 기적이 뿌우 하고 울릴 무렵 내가 탄 배는 뱃머리를 바닷가로 갖다 대며 모래밭에 멈춰 섰다. 여관 주인이 "빨리 오시네요" 하며 바닷가까지 내려와 빨간 셔츠에게 인사를 했다. 나는 뱃전에서 얍 하고 기합소리를 내며 모래밭으로 뛰어내렸다.

알랑쇠는 정말 마음에 안 든다. 이런 놈은 단무지 담글 때 누르는 돌을 매달아 바다 밑으로 가라앉혀 버리는 게 나라를 위한 길이다. 빨간 셔츠는 목소리가 비위에 거슬린다. 타고난 목소리가 아닌데 일부러 점잔을 빼다 보니 저렇게 나긋나긋하게 들리는 것뿐이다. 아무리 고상을 떤다고 해도 저런 낯짝으로는 무리가 있지. 저런 얼굴이 좋다는 사람이 있다면 아마 마돈나 정도일 것이다.

그래도 교감이라고 알랑쇠보다 그럴듯한 이야기를 한다. 집에 돌아와 저 사람이 무슨 말을 하고 싶었던 건가 생각해보니 맞는 말을 하는 것 같기도 하다. 확실한 얘기는 안 해주니까 뭐라고 단정하기는 어렵지만, 아무래도 고슴도치가 좋지 않은 녀석이니까 경계하라는 말인 듯하다. 그러면 그렇다고 확실하게 말을 해줘야지, 남자답지 못하기는. 그리고 그렇게 못된 사람이라면 당장 내쫓아버리면 될 텐데, 문학사라면서 패기가 없다. 뒤에서 속닥거릴 때에도 이름을 대지 못하는 걸 보면 못나도 한참 못났다. 겁쟁이는 보통 친절하게 구는 법이니까 저 빨간 셔츠도 여자처럼 사근사근한 것이겠지. 친절은 친절이고 목소리는 목소리이니까 목소리가 마음에 안 든다고 친절까지 무시해서는 안 된다. 그렇다고 해도 참 이상한 세상이다. 주는 것 없이 미운 사람이 친절하고 죽이 잘 맞는 친구가 나쁜 놈이라니, 바보 취급을 당하고 있는 것 같다. 아마 촌구석은 만사가 도쿄의 반대로 돌아가는 모양이다. 무시무시한 곳이다. 머지않아 불이 얼음이 되고 돌이 두부가 되는 일이 벌어질지도 모른다.

그나저나 고슴도치가 학생을 선동하다니, 그런 장난을 칠 것처럼 보이지는 않던데. 하긴 제일 인기가 많은 선생님이라고 하니 하려고 맘만 먹으면 못할 것도 없겠지만. 그렇다면 번거롭게 굴지 말고 그냥 나와 한판 붙는 게 덜 수고스러울 텐데. 내가 눈엣가시라면 실은 이러저러해서 방해가 되니 학교를 그만둬줬으면 좋겠다고 말하면 될 일이다. 무슨 일이든 터놓고 이야기하면 어떻게든 된다. 상대의 이야기가 납득이 가면 나는 내일이라도 당장 그만둘 수 있다. 쌀이 여기에서만 나는 것도 아니고, 어디 가도 입에 풀칠은 하고 살 수 있다. 고슴도치도 어지간히 앞뒤가 꽉 막힌 사람이다.

이곳에 왔을 때 가장 먼저 빙수를 대접해준 사람이 고슴도치였는데, 그렇게 겉과 속이 다른 놈에게 빙수를 얻어먹었으니 내 체면이 말이 아니다. 얻어먹은 게 한 그릇뿐이니 1전 5리만 갚으면 끝날 일이지만, 1전이든 5리든 사기꾼에게 신세를 져서야 죽을 때까지 마음이 편치 않다. 내일 학교에 가자마자 1전 5리를 돌려줘야겠다는 생각에 마음이 급해졌다.

나는 기요에게 3엔을 빌린 적이 있지만 5년이 지나도록 갚지 않았다. 못 갚는 게 아니라 안 갚는 것이다. 기요도 곧 갚겠지, 갚겠지 하면서 내 호주머니나 바라보고 있지는 않았을 것이다. 나 또한 당장 갚겠다며 남에게 하듯 할 생각은 없다. 내가 그런 생각을 하는 것은 기요의 마음을 의심하는 것과 마찬가지로, 되레 기요의 고운 마음씨에 흠집을 내는 꼴이 된다. 3엔을 갚지 않는 것은 기요를 무시하기 때문이 아니라, 기요를 내 편이라 생각하기 때문이다. 애당초 기요와 고슴도치를 비교한다는 게 말이 안 되지만, 그것이 빙수든 단술이든 남에게 덕을 입고도 잠자코 있는 것은 상대를 존중할 만한 인간으로 보았기 때문이다. 내 몫은 내가 내면 그만인 것을 마음속으로 감사하게 여기며 기꺼이 신세를 지는 것은 돈 주고 살 수 있는 답례가 아니다. 아무리 하찮게 보여도 한 사람의 독립된 인간이다. 독립된 인간이 남에게 머리를 조아리는 것은 백만 냥보다 귀중한 보답이라 생각하지 않을 수 없다.

나는 고슴도치에게 1전 5리를 신세짐으로써 백만 냥보다 귀한 답례를 했다고 생각한다. 그런 나에게 고마워해도 시원찮을 판에 뒤에서 비열한 짓을 하다니 너무 괘씸하다. 내일 학교에 가자마자 1전 5리를 갚아버리면 줄 돈도 받을 돈도 없으니 시원하게 한판 붙어야지.

나는 여기까지 생각하고는 졸음이 몰려와 드르렁거리며 잠들어버렸다. 이튿날은 평소보다 빨리 출근해 고슴도치를 기다렸다. 그런데 좀처럼 나타나질 않는다. 끝물 호박이 오고, 한자 선생이 오고, 알랑쇠가 왔다. 마침내 빨간 셔츠까지 왔지만 고슴도치의 책상 위에는 분필 한 자루가 뒹굴고 있을 뿐 조용했다. 나는 교무실에 들어서자마자 돈을 돌려줄 작정으로 집을 나설 때부터 손에 1전 5리를 꼭 쥐고 왔다. 원래 손에 땀이 많은 편이라 슬쩍 손을 펴보니 1전 5리는 땀범벅이 되어 있었다. 축축한 돈을 주면 고슴도치가 뭐라고 할 것 같아서 책상 위에 놓고 후우후우 불고는 다시 쥐었다. 이때 빨간 셔츠가 와서 "어제는 실례가 많았네. 힘들었지?" 하고 묻길래 "아닙니다. 덕분에 배는 좀 고팠습니다만" 하고 대답했다. 그러자 빨간 셔츠가 고슴도치의 책상 위에 팔꿈치를 대고 떡판 같은 얼굴을 내 쪽으로 가까이 들이밀었다.

"자네, 어제 돌아오는 길에 배 안에서 했던 이야기는 비밀로 해주게나. 아직 아무에게도 말하진 않았겠지만 말이야."

목소리만 여자 같은 게 아니라 잔걱정도 많은 남자다. 물론 아직 아무에게도 이야기하지 않았다. 그런데 이제부터 얘기를 꺼낼 작정으로 1전 5리를 가져온 것인데 여기서 빨간 셔츠에게 입막음을 당하면 좀 곤란하다. 빨간 셔츠도 그렇지. 아무리 고슴도치라고 콕 집어 말하지는 않았지만 그 정도로 알기 쉽게 얘기해놓고서는 이제 와서 말하면 안 된다니, 교감이라는 자가 저렇게 무책임하다. 계획대로라면 고슴도치와 싸움을 시작해 격전을 벌이는 한가운데로 들어와 당당히 내 편을 들어야 하는 것이다. 그래야 한 학교의 교감으로서 빨간 셔츠를 입고 다니는 의미도 있는 것 아닌가.

나는 교감에게 "아직 아무에게도 말하지 않았지만 오늘 고슴도치와 담판을 지을 작정입니다"라고 말했다. 그랬더니 빨간 셔츠는 매우 당황한 기색이었다.

"여보게, 그런 무례한 행동을 하는 건 곤란하네. 내가 홋타 선생이라고 확실하게 얘기한 것도 아니고……. 여기서 소란을 일으키면 내 입장이 뭐가 되겠나. 소란을 피우러 학교에 온 것은 아닐 테지?"

어쩐지 상식에서 벗어난 질문을 해왔다.

"당연하지요. 월급 받는 처지에 소란을 일으켜서야 학교의 입장도 난처하겠지요."

그러자 빨간 셔츠는 식은땀까지 흘리며 부탁을 했다.

"그러면 어제 일은 참고만 하고 잊어버리게."

나는 "좋습니다. 저도 좀 곤란하긴 하지만 교감 선생님께 폐를 끼칠 순 없으니까요" 하고 약속했다. 빨간 셔츠는 "확실한 거지?" 하고 다짐을 받았다. 도대체 어디까지 여자처럼 굴 건지 알 수가 없다. 문학사가 다들 저렇다면 시시하기 그지없다. 앞뒤가 안 맞고 논리에 어긋난 요구를 하면서 태연하다. 게다가 나를 믿지도 못 한다. 건방진 소리 같겠지만 나도 남자다. 약속해놓고 뒤돌아서 모른 척하는 야비한 짓은 하지 않는다.

그러는 사이 내 양옆의 책상 주인들도 출근해서 빨간 셔츠는 재빨리 자기 자리로 돌아갔다. 빨간 셔츠는 걸음걸이조차 점잖은 척이다. 교무실 안을 왔다 갔다 할 때도 소리를 내지 않으려고 구두 바닥을 살짝 내려놓는다. 소리를 내지 않고 걷는 게 자랑이 될 수 있다는 것을 이때 처음 알았다. 도둑질을 할 것도 아닌데 자연스럽게 걷는 게 좋지. 이윽고 수업종이 쳤지만 고슴도치는 결국 나타나지 않았다. 하는 수 없이 1전 5리를 책상 위에 놔두고 교실로 향했다.

1교시가 길어져 조금 늦게 교무실로 돌아갔더니 선생들은 모두 자리에 앉아 이야기를 나누고 있다. 고슴도치도 어느샌가 와 있다. 결근인 줄 알았더니 지각한 것이다. 내 얼굴을 보자마자 오늘은 나 때문에 지각했으니 벌금을 내라 한다. 나는 책상 위에 두었던 1전 5리를 집어 고슴도치 앞에 내밀며 "이걸 줄 테니 받아두게. 요전번 얻어먹은 빙수값이야" 하고 말했다. 고슴도치는 "무슨 소리야?" 하며 웃었다. 그런데 내가 의외로 진지하자 시시한 농담은 그만하라며 돈을 내 책상 위에 올려놓았다. 아니, 자기가 뭔데 안 받겠다는 거지?

"농담이 아니야, 정말이야. 내가 자네에게 빙수를 얻어먹을 이유가 없으니 내 몫을 지불하겠다는 거 아닌가. 왜, 못 받을 이유라도 있나?"

"그렇게 1전 5리가 마음에 걸린다면 받아두겠지만 갑자기 왜 이러는 건가?"

"갑작스럽든 어쨌든 돌려주고 싶네. 얻어먹는 게 싫어서 돌려주는 거야."

고슴도치는 차갑게 내 얼굴을 바라보며 흐음, 하고 잠자코 있었다. 빨간 셔츠가 부탁만 하지 않았어도 여기에서 고슴도치의 비열함을 폭로하고 한판 붙었을 테지만 입 밖에 내지 않기로 약속했기 때문에 더 이상 뭐라 할 수도 없다. 사람이 이렇게 새빨개져 씩씩거리는데 흐음이 뭐야.

"빙수값은 받아둘 테니, 하숙집에서 나가주게."

"1전 5리 받으면 그걸로 됐지. 하숙집을 나가든 말든 그건 내 맘 아닌가."

"그런데 그렇게는 안 되겠어. 어제 거기 집주인이 와서 자네가 나가줬으면 좋겠다고 하길래 그 이유를 들어보니 그 사람 말도 일리가 있더군. 그래도 한 번 더 확인하는 게 좋을 것 같아 오늘 아침 그 집에 들러 자세한 이야기를 들었다네."

고슴도치가 지금 무슨 말을 하는 거지?

"그 사람에게 무슨 말을 들었든 내 알 바 아니야. 그렇게 무턱대고 나가라고 하는 법이 어디 있나. 이유가 있으면 이유를 먼저 얘기해주는 게 순서지, 덮어놓고 집주인 말이 옳으니 나가라는 건 실례라고 생각하네."

"좋아, 정 그렇다면 말해주지. 자네 하는 짓이 천방지축이라 하숙집에서 곤란한 모양이야. 아무리 하숙집 안주인이라고 해도 하녀와는 다른 법인데 발을 내밀고 닦게 하다니, 너무한 것 아닌가?"

"내가 언제 하숙집 안주인에게 발을 닦게 했다고 그래?"

"닦게 했는지 어떤지는 모르겠지만 어쨌든 저쪽은 자네 때문에 난처해하고 있어. 하숙비 10엔, 15엔이야 족자 한 폭 팔면 금세 들어오는 돈이니 나가줬으면 하더군."

"잘난 척하기는. 그렇다면 왜 나를 그 집에 들인 거야?"

"이유야 나도 모르지. 처음엔 별생각 없이 들였겠지만 이제 자네가 있는 게 싫어서 나가라고 하는 거겠지. 그냥 나가주게."

"나가주고말고. 제발 있어 달라고 빌어도 안 있어. 이제 자네까지 괘씸해지는군. 그런 말도 안 되는 트집을 잡는 곳을 소개하다니."

"내가 괘씸한 건지 자네가 어른스럽지 못한 건지 모르겠군."

고슴도치도 나 못지않은 다혈질이라 한마디도 지지 않고 큰소리를 쳤다. 교무실에 있던 선생들은 무슨 일이라도 난 줄 알고 모두 턱을 길게 빼고 이쪽을 망연히 쳐다보았다. 나는 떳떳했기 때문에 일어서서 교무실 안을 빙 둘러보았다. 모두 얼이 빠져 있는 가운데 알랑쇠만 유독 재미있다는 듯 실실거리고 있다. 큰 눈을 부라리며 너도 한 번 붙어볼 테냐 하는 서슬로 알랑쇠의 수세미 같은 긴 얼굴을 쏘아봤더니, 알랑쇠는 갑자기 정색을 하며 몸을 사렸다. 내가 좀 무서워 보였던 모양이다. 때마침 종이 울리는 바람에 나와 고슴도치는 싸움을 끝내고 교실로 향했다.

오후에는 지난밤 나에게 장난을 친 학생들을 어떻게 처분할지에 관한 회의가 열렸다. 회의는 난생처음이라 자세히는 모르겠지만 각자 하고 싶은 말을 하면 교장이 알아서 적당히 정리하는 식일 거다. 정리란 옳고 그름이 확실하지 않아 결정하기 어려운 일에 필요한 것인데, 이번 일처럼 누가 봐도 괘씸하다고밖에 생각할 수 없는 사건을 가지고 회의를 연다니 시간 낭비다. 누가 뭐라고 해도 이견이 있을 수가 없다. 이렇게 명백한 사항은 교장이 그 자리에서 바로 처분을 내려버리면 좋을 텐데 우리 교장은 너무 결단력이 없다. 교장이라는 작자가 이 정도밖에 안 된다니 참 한심하다. 교장 대신 '우유부단한 굼벵이'라 부르는 게 낫겠다.

회의실은 교장실 옆에 있는 길고 좁은 방으로 평상시엔 식당으로 쓰이는 곳이었다. 긴 탁자에 검은 가죽의자가 스무 개 정도 놓여 있어 간다의 서양 요릿집 같은 분위기를 풍긴다. 탁자의 끝에는 교장이 앉고 그 옆에는 빨간 셔츠가 앉게 되어 있다. 나머지 선생들은 각자

마음 내키는 곳에 앉으면 된다고 하는데, 체육 선생은 겸손하여 늘 말석에만 앉는다고 한다. 나는 어떻게 해야 할지 몰라서 과학 선생과 한자 선생 사이에 앉아버렸다. 앉고 보니 앞자리에 고슴도치와 알랑쇠가 나란히 앉아 있다. 알랑쇠는 아무리 생각해도 얼굴이 너무 못났다. 티격태격해도 고슴도치가 훨씬 분위기 있다. 아버지의 장례식 때 고비나타의 요겐지 절에 걸려 있던 족자 속 얼굴과 아주 닮았다. 스님께 물어보니 '이다텐'이라는 괴물이라 했다. 고슴도치는 오늘 화가 난 상태라 눈을 부라리며 가끔 이쪽을 쳐다보곤 한다. 그 정도로 겁먹을 내가 아니다 하고 나도 지지 않을 기세로 눈을 부라리며 노려봤다. 예쁜 눈은 아니지만 보통 사람에게 뒤지지 않을 만큼 큰 눈을 갖고 있는 나다. 오죽하면 기요가 "도련님은 눈이 커서 배우 하면 정말 잘 어울리겠어요" 하고 말했을 정도다.

"이제 거의 다 모였습니까?"

교장이 운을 떼자 서기인 가와무라 선생이 "하나, 둘" 하고 사람들 머릿수를 세기 시작했다. 한 사람이 부족하다. 한 사람이 부족한 게 당연하다. 끝물 호박 선생이 아직 오지 않았다. 나는 끝물 선생과 전생에 어떤 인연이었는지 모르겠지만 한 번 얼굴을 보고 나서는 좀처럼 그 얼굴이 잊히지가 않는다. 교무실에 들어서면 바로 끝물 선생의 얼굴이 눈에 들어오고, 길을 걷다가도 끝물 선생의 모습이 불현듯 떠오른다. 가끔 온천에 갔다가 창백한 얼굴로 탕 안에서 팅팅 불어 있는 끝물 선생을 볼 때가 있다. 인사를 건네면 "아, 예예" 하고 미안한 사람처럼 머리를 조아리니까 어딘가 안쓰럽다. 학교 선생 중에 끝물 선생만큼 얌전한 사람이 없다. 좀처럼 웃지도 않지만 그렇다고 쓸데없는 소리를 하지도 않는다. 나는 '군자'라는 단어를 책에서 배웠지만 그 단어는 사전에나 있는 것이지 실제로 군자는 없다고 생각해왔는데, 끝물 선생을 만나고 나서는 과연 현실에 기반한 단어구나 하고 감탄했을 정도다.

이토록 관심을 갖고 보는 사람이기에 회의실에 들어서자마자 끝물 선생이 없다는 사실을 눈치 챘다. 실은 끝물 선생 옆에 앉을 생각이었다. 교장은 "이제 곧 오겠죠" 하고 자기 앞에 있는 보라색 보자기를 끄르더니 곤약판(인쇄판의 하나)으로 찍어낸 인쇄물을 읽고 있다. 빨간 셔츠는 호박 파이프를 비단 손수건으로 닦기 시작했다. 일종의 취미인 셈인데 빨간 셔츠에게 제법 어울리는 일인 것 같다. 다른 선생들은 옆 사람과 소곤거리며 이야기를 나누고 있다. 연필 끝에 달린 고무지우개로 탁자 위에 뭔가를 끄적거리는 사람도 있다. 연필 끝에서 따분한 기색을 역력히 느낄 수 있다. 알랑쇠가 이따금 고슴도치에게 말을 걸었는데 고슴도치는 영 반응이 없다. 그냥 "어"라든가 "아" 하고 대답을 하는 둥 마는 둥 하다가 가끔 무서운 얼굴로 나를 쳐다봤다. 가만히 있을 내가 아니다. 고슴도치에게 질세라 눈을 부릅뜨고 노려보았다.

마침내 애타게 기다리던 끝물 선생이 예의 그 딱해 보이는 모습으로 들어와 "잠시 볼일이 있어서 지각하고 말았습니다" 하고 너구리에게 공손하게 인사를 했다. 너구리는 "그러면 회의를 시작하겠습니다" 하더니 서기인 가와무라 선생에게 인쇄물을 나눠주게 했다. 읽어 보니 첫 번째가 처분 건, 두 번째가 단속 건이고 그 외에 두세 가지 안건이 더 있다. 너구리는 평상시처럼 거드름을 피우며 마치 자기가 '교육의 산증인'이라도 되는 양 이런 말을 했다.

"학교 직원이나 학생들의 잘못은 전부 제 부덕의 소치로, 무슨 일이 생길 때마다 저처럼 부족한 사람이 교장을 한다는 게 부끄러웠습니다. 그런데 불행히도 이번에 또 이런 소동이 일어났으니 여러분들에게 깊이 사죄하지 않을 수 없습니다. 그러나 이미 일어난 일은 어쩔 수 없으니 어떻게든 처분을 내려야 합니다. 무슨 일인지는 다들 잘 알고 계실 테니 어떻게 처분하면 좋을지 기탄없이 말씀들 해주시지요."

나는 교장이 하는 말을 듣고 '과연 교장은 다르구나. 아주 훌륭한 이야기를 하는군' 하고 감탄했다. 이렇게 교장이 솔선수범해서 책임을 지고 자신의 허물이요, 부덕의 소치라고 말할 정도라면 학생들에게 벌을 주지 말고 자기가 교장직에서 물러나면 그만이다. 그러면 이런 귀찮은 회의는 들어볼 필요도 없는 것 아닌가. 상식적으로 생각해서 내가 얌전하게 숙직을 하고 있는데 학생들이 난동을 부렸다면 나쁜 건 교장도 나도 아니고 학생이다. 만약 고슴도치가 선동한 거라면 학생과 고슴도치를 처벌하면 될 일이다. 남의 잘못을 자기 책임이라며 내 탓이요 하고 떠들어대는 자가 세상천지 어디에 있냔 말이다. 너구리가 아니면 어림없는 일이다. 너구리는 이런 조리에 맞지도 않는 말을 하고는 의기양양해서 일동을 둘러보았다. 그런데 아무도 나서는 이가 없다. 과학 선생은 학교 지붕 위에 앉아 있는 까마귀를 멀뚱히 쳐다보고 있다. 한자 선생은 인쇄물을 접었다 폈다 하고 있고, 고슴도치는 여전히 내 얼굴을 노려보고 있다. 회의가 이렇게 바보 같은 건 줄 알았다면 결석하고 낮잠이라도 자는 건데.

나는 너무 답답해서 가장 먼저 의견을 내려고 반쯤 엉덩이를 들었는데 빨간 셔츠가 이야기를 시작하는 바람에 도로 앉았다. 좀 전의 파이프를 집어넣고 줄무늬 비단 손수건으로 얼굴을 닦으며 연설을 시작했다. 저 손수건은 마돈나에게 받아낸 것이겠지. 남자라면 하얀 모시를 쓰는 법이니.

"저도 기숙생의 소동을 전해 듣고 교감이 돼서 학생들을 교화시키지 못했던 점을 몹시 부끄럽게 생각했습니다. 그런데 이런 일은 뭔가 결함이 있어서 일어나는 것으로, 사건 자체만 보면 학생들이 나쁜 것처럼 보이지만 진상을 자세히 살펴보면 그 책임은 학교에 있는지도 모릅니다. 따라서 겉으로 드러난 것만 보고 엄중한 처벌을 내린다면 오히려 앞날을 위해서는 좋지 않다고 생각합니다. 또 한창 혈기 왕성

한 나이라 활기는 넘치는데 분별력은 없어 거의 무의식적으로 이런 짓궂은 장난을 친 건지도 모릅니다. 처분에 대해서는 교장 선생님께서 따로 생각하고 계신 것이 있을 테니 제가 참견할 바는 아니지만, 부디 그 점을 헤아려 될 수 있는 한 관대한 처분을 부탁드리고 싶습니다."

과연 빨간 셔츠도 너구리 못지않다. 학생들이 날뛰는 건 학생이 나빠서가 아니라 교사가 나쁘기 때문이라는 것이다. 미치광이가 사람의 머리를 후려치고 다니는 건 맞은 사람이 잘못했기 때문이라고 하는 것과 뭐가 다른가. 말도 안 되는 소리다. 피가 들끓는다면 운동장에 뛰쳐나가 씨름이라도 한판 할 일이지. 학생이 무의식적으로 선생의 이불 속에 메뚜기를 넣어서야 되겠는가. 그런 식이라면 자는 사람의 목을 베도 무의식중에 한 일이니 풀어주자고 하겠군.

나는 여기까지 생각이 미치자 한마디 하고 싶었지만 이왕 말을 할 거면 다들 깜짝 놀랄 만큼 유창하게 하고 싶다는 생각에 그만뒀다. 나는 화가 났을 때 말하면 겨우 두세 마디에 말문이 막혀버리는 버릇이 있었기 때문이다. 너구리나 빨간 셔츠나 인품으로만 보자면 나보다 훨씬 못 하지만, 말솜씨가 상당히 뛰어나다. 잘못 말했다가는 꼬투리를 잡히기 십상이다. 일단 마음속으로 먼저 정리를 해보자고 문장을 생각하고 있는데, 앞에 앉은 알랑쇠가 갑자기 일어나는 바람에 깜짝 놀랐다. 알랑쇠 같은 자가 의견을 내다니 건방지다. 알랑쇠는 그 실없는 말투로 말을 시작했다.

"사실 이번 사건은 우리 분별 있는 교직원으로서는 학교의 앞날을 걱정할 만한 전대미문의 사건입니다. 우리는 이번 기회에 더욱 스스로를 돌아보고 전교의 기강을 바로잡아야 합니다. 따라서 교장 선생님과 교감 선생님께서 하신 말씀은 실로 핵심을 찌른 의견으로서 저는 두 분 말씀에 전적으로 찬성합니다. 아무쪼록 관대한 처분을 삼가 바라는 바입니다."

알랑쇠가 한 말에는 내용이 없다. 쉴 새 없이 한자어만 늘어놓아 도대체 무슨 소리를 하는 건지 모르겠다. 전적으로 찬성한다는 말만 알아들었을 뿐이다.

알랑쇠가 뭐라고 했는지는 잘 모르겠지만 왠지 너무 화가 나서 생각을 정리하지도 못하고 벌떡 일어나버렸다. "저는 전적으로 반대합니다……" 하고 입을 뗐는데 갑자기 그 뒤가 생각이 안 난다. "……그런 뚱딴지같은 처분은 정말 싫습니다" 하고 덧붙였더니 직원 일동이 웃음을 터뜨렸다. "애당초 학생들이 잘못한 겁니다. 어떻게 해서든 뉘우치게 만들지 않으면 버릇이 됩니다. 퇴학시켜도 상관없습니다. 뭡니까, 건방진 놈들. 새로 온 교사라고……" 하고는 자리에 앉았다. 그러자 오른쪽에 앉아 있던 과학 선생이 마음 약한 소리를 했다.

"학생들이 나쁜 짓을 한 건 맞지만, 너무 엄한 벌을 주면 오히려 반발을 일으킬 수 있습니다. 역시 교감 선생님이 말씀하신 대로 관대한 처분을 내리자는 데 찬성입니다."

왼쪽에 앉아 있던 한자 선생도 원만하게 처리하는 데 찬성한다고 하고, 역사 선생 역시 교감과 같은 생각이라고 했다. 실망이다. 여기 있는 사람 대부분이 빨간 셔츠와 한통속이다. 이런 자들이 학교에 모여 있으니 어쩔 도리가 없다. 나는 학생들에게 사과를 받아내든가 내가 학교를 그만두든가 어느 쪽이든 한쪽을 택하기로 마음먹었기 때문에, 빨간 셔츠의 말대로 된다면 당장 짐을 싸서 떠날 각오가 돼 있었다. 어차피 이런 패거리를 말로 굴복시킬 재간도 없고, 설사 말로 잘 구슬렸다 해도 저런 자들과 어울리는 건 내 쪽에서 사양이다. 학교를 떠나면 뭐가 어떻게 된들 무슨 상관이 있겠는가. 더 말해봤자 웃음거리가 될 뿐이다. 나는 이제 한마디도 하지 않겠다고 결심하고는 뚱하게 있었다.

그런데 지금까지 잠자코 있던 고슴도치가 벌떡 일어났다.

'이 자식, 또 빨간 셔츠에게 찬성하기만 해봐라. 어차피 당신과는 전쟁이야. 어디 맘대로 해보시지.'

고슴도치의 목소리는 유리창을 흔들 기세였다.

"저는 교감 선생님을 비롯한 여기 선생님들의 의견에 전혀 동의할 수 없습니다. 왜냐하면 이 사건은 어떻게 봐도, 50명의 기숙생이 새로 온 교사 모 씨를 만만하게 보고 골려먹기 위해 한 짓이라고밖에 볼 수 없기 때문입니다. 교감 선생님은 이 사건의 원인을 교사에게 찾고 계시는 것 같습니다. 죄송합니다만 저는 교감 선생님이 실언을 하셨다고 생각합니다. 모 선생이 숙직을 한 것은 부임한 지 얼마 안 됐을 때의 일로 아직 학생들을 접한 지 스무 날이 안 되는 때입니다. 이 짧은 시간 동안 학생들이 모 선생의 인품과 학식을 평가하기에는 무리가 있습니다. 그런 일을 당할 만한 마땅한 이유가 있었다면 학생들이 저지른 행동도 헤아려줄 수 있지만, 아무 이유 없이 새내기 교사를 우롱한 학생들을 용서해준다면 학교의 위신이 서지 않을 것입니다.

교육의 정신이란 단순히 학문을 가르치는 것만이 아닙니다. 교양 있고 정직하고 패기 있는 정신을 고취함과 동시에 천박하고 경솔하며 난폭한 악습을 뿌리 뽑는 것 또한 교육이라고 생각합니다. 만약 학생들의 반발이나 일이 커질 것을 우려해서 얼렁뚱땅 넘어간다면 이런 나쁜 버릇은 고칠 수 없습니다. 우리 교사들은 학생들의 나쁜 버릇을 근절시키기 위해 이 학교에서 가르치고 있는 것입니다. 따라서 이런 일을 눈감아준다면 교사라고 할 수 없을 것입니다. 저는 이 같은 이유로 소동을 일으킨 기숙생들을 엄중 처벌한 후 해당 교사에게 가서 잘못을 빌도록 하는 것이 옳은 조치라 생각합니다."

고슴도치는 열변을 토하고 나서 쿵 하고 자리에 앉았다. 일동은 잠자코 아무 말도 하지 않았다. 빨간 셔츠는 다시 파이프를 닦기 시작했다. 나는 뭔지 모르게 기분이 좋았다. 내가 하고 싶은 말을 고슴도치가 대신해서 전부 이야기해준 것 같았다. 본디 이렇게 단순한 인간이라 좀 전까지 싸운 것은 깡그리 잊어버리고 정말 고맙다는 표정으로 고슴도치를 쳐다보았지만, 고슴도치는 아무것도 모른다는 얼굴을 하고 있었다.

잠시 후 고슴도치가 다시 일어났다.

"방금 깜박하고 빠뜨린 게 있어 말씀드립니다. 그날 저녁 숙직을 담당한 선생님이 온천을 하고 온 모양인데 그건 말도 안 되는 일입니다. 내키지 않더라도 자기가 학교를 지키는 일을 맡았는데 보는 눈이 없다고 온천 같은 데에 간다는 건 큰 잘못입니다. 학생의 일은 학생의 일이고, 이 점에 대해서는 교장 선생님께서 당사자에게 주의를 주셨으면 합니다."

이상한 놈이다. 칭찬을 해주나 싶었더니 바로 남의 잘못을 까발린다. 나는 지난번 숙직 당번이 외출한 것을 보고 그래도 되는 줄 알고 별생각 없이 온천에 다녀온 것이지만, 듣고 보니 내가 잘못한 일이다. 비난받아 마땅하다. 그래서 나는 다시 일어나 "제가 숙직을 하는 중간에 온천에 갔다 온 건 사실입니다. 제가 잘못했습니다. 죄송합니다" 하고 사과한 후 앉았다. 그랬더니 일동이 웃었다. 내가 무슨 말만 하면 다들 웃어댄다. 한심한 인간들, 나처럼 이렇게 자기가 잘못한 건 잘못했다고 주저 없이 시인할 수 있나? 그러지 못하니까 괜히 웃는 게지.

교장은 “의견은 나올 만큼 나온 것 같으니 잘 생각해보고 처분을 내리지요” 하고 말했다. 결과적으로 기숙생은 일주일간 외출금지를 받았고 나에게 와서 잘못했다고 사과까지 했다. 잘못을 빌러 오지 않으면 사표를 내고 도쿄로 돌아갔을 텐데, 오히려 내가 원한 대로 되는 바람에 일은 더 커지고 말았다. 그건 나중에 이야기하겠지만.

이어서 교장은 회의의 연장이라며 이런 이야기를 했다.

“학생들의 기강은 교사가 모범을 보여 바로잡아 나가야 합니다. 그 첫 번째로 교사들은 가능한 한 음식점 같은 곳에 출입하지 않도록 해야 합니다. 송별회 같은 건 특별한 경우이니 예외지만 혼자서 격에 맞지 않은 곳에 가는 것은 삼가주세요. 예를 들면 국숫집이라든가, 경단집이라든가…….”

이 부분에서 일동이 와 하고 웃었다. 알랑쇠가 고슴도치에게 “튀김”이라 속삭이며 눈짓을 했으나 고슴도치는 상대도 안 했다. 쌤통이다.

나는 머리가 나빠서 너구리가 무슨 말을 하는지 잘 모르겠다. 하지만 중학교 교사가 국숫집과 경단집에 드나들면 안 된다니, 나 같은 먹보는 어떡하라고? 그렇다면 처음부터 메밀국수와 경단을 싫어하는 사람을 채용했어야지. 아무 말도 않고 있다가 메밀국수를 먹지 마라, 경단을 먹지 마라 하고 무자비한 명령을 내리는 것은 나처럼 별다른 낙이 없는 사람에겐 대단히 큰 타격이다. 잠자코 듣고 있던 빨간 셔츠가 입을 열었다.

"원래 중학교 교사라는 것은 사회의 상류층에 속해 있는 것이니, 단순히 물질적인 쾌락만 추구해서는 안 됩니다. 물질적 쾌락만 좇다 보면 품성도 나쁜 영향을 받게 되지요. 그러나 인간이기 때문에 뭔가 즐길 만한 오락거리가 없으면 이런 좁은 시골 동네에 와서 도저히 살기가 어렵습니다. 그래서 낚시를 하러 간다든지 문학 서적을 읽는다든지, 아니면 신체시와 하이쿠를 짓는다든지……. 뭐라도 고상하고 정신적인 오락을 즐겨야 합니다."

가만 듣고 있자니 자기 자랑이다. 바다 한가운데로 가서 비료를 낚거나 고르키를 러시아 문학가라고 부르거나 단골 기생을 소나무 아래에 세우거나 오래된 연못에 개구리가 뛰어드는(하이쿠의 한 구절에 비유) 것이 정신적 오락이라면, 튀김 메밀국수나 경단을 먹는 것도 정신적 오락이다. 그런 쓸데없는 오락을 가르칠 시간이 있으면 집에 가서 빨간 셔츠나 빨 것이지. 너무 화가 나서 "마돈나와 만나는 것도 정신적 오락입니까?" 하고 물었는데, 어쩐 일인지 이번에는 아무도 웃지 않는다. 묘한 표정으로 서로가 눈치만 보고 있다. 빨간 셔츠는 괴로운 듯 고개를 숙였다.

'그것 봐라. 내 말이 맞지?'

그런데 정작 불쌍한 얼굴을 한 사람은 끝물 선생으로 내 말이 끝나자마자 그 푸르뎅뎅한 얼굴이 점점 더 새파랗게 질렸다.

나는 그날 밤 하숙집을 떠났다. 하숙집에 돌아오자마자 짐을 싸고 있는데 안주인이 와서 "뭔가 불편한 점이라도 있으셨습니까? 마음에 안 드는 점이 있으면 고치겠습니다" 하고 머리를 조아리는 바람에 깜짝 놀랐다. 세상에는 왜 이렇게 종잡을 수 없는 사람들이 많은 걸까. 나가 달라는 건지 있어 달라는 건지 알 수가 없다. 제정신이 아닌 사람들 같다. 이런 사람을 상대로 싸워봤자 도쿄 토박이의 이름만 더럽히는 꼴이다 싶어 인력거를 불러 재빨리 하숙집을 나왔다.

일단 짐을 싸들고 나오긴 했지만 막상 어디로 가야 할지 막막했다. 인력거꾼이 "어디로 가십니까?" 하고 묻길래 "잠자코 가자구. 곧 알게 될 거야" 하고 성큼성큼 걸어 나왔다. 귀찮아서 야마시로야 여관에라도 갈까 하다가 어차피 거기에서도 나와야 할 걸 생각하니 번거로워서 그만두었다. 이렇게 돌아다니면 하숙이나 뭐나 눈에 띄는 간판 하나 정도는 있겠지. 그러면 거기가 하늘이 정해준 집이라 생각하고 그리로 들어가자.

그렇게 한적하고 살기 좋아 보이는 곳을 빙빙 돌며 배회하는 동안 가지야초까지 와버렸다. 여기는 무사 집안이 사는 동네라 하숙집 같은 게 있을 리가 없다. 좀 더 번화한 곳으로 되돌아갈까 하다가 갑자기 좋은 생각이 떠올랐다. 내가 경애해 마지않는 끝물 선생이 이 동네에 살고 있다. 끝물 선생은 이 고장 사람으로 선조 대대로 이곳에 자리를 잡고 살았으니까 틀림없이 이 주변 사정에 밝을 것이다. 그 사람을 찾아가 물어보면 괜찮은 하숙집을 소개해줄지도 모른다. 다행히 한 번 인사하러 간 적이 있기 때문에 어딘지 대충 알고 있어서 헤매지 않아도 되었다.

여기쯤이겠다 싶은 곳에서 "실례합니다" 하고 몇 번 불렀더니 안쪽에서 쉰 정도 된 노부인이 고풍스러운 등을 들고 나왔다. 나는 젊은 여자도 싫지 않지만 나이 든 여자를 보면 왠지 친근하게 느껴진다. 아마 기요를 좋아하니까 다른 노파들을 봐도 그런 마음이 드는 것 같다.

이 분은 끝물 선생의 어머님인 것 같다. 짧은 머리를 한 기품 있는 부인으로 끝물 선생과 꽤 닮았다. 들어오라는 것을 사양하고 끝물 선생을 현관으로 불러 실은 사정이 이러이러한데 혹시 생각나는 데가 있냐고 물어보았다. 선생은 "그거 곤란하게 됐네요" 하고 잠시 생각하는 듯하더니 "이 뒷마을에 '하기노'라는 노부부가 둘이서 살고 있어요. 일전에 방을 비워두는 게 아까워서 확실한 사람이 있으면 빌려주고 싶으니 소개해달라는 부탁을 받은 적이 있습니다. 아직도 빌려줄 의향이 있는지는 모르겠지만 일단 한번 가서 물어보지요" 하고는 친절하게도 함께 가주었다.

이렇게 해서 나는 그날 밤 하기노 부부의 집에서 하숙을 하게 되었다. 그런데 놀라운 것은 내가 이카긴의 하숙집에서 방을 뺀 다음 날 바로 알랑쇠가 내가 묵던 방을 떡하니 차지했다고 한다. 이번 일은 정말 어이가 없다. 어쩌면 우리가 사는 세상은 사기꾼들만 있어서 서로가 속고 속이며 살고 있는지도 모르겠다. 정말 지긋지긋하다.

세상 돌아가는 꼴이 이러하니 마음 단단히 먹고 이런 세상의 흐름에 맞추지 않으면 견뎌내기 힘들 것 같다. 소매치기의 돈을 가로채지 않고서는 먹고살 수 없는 세상이라면 사는 것도 생각해볼 문제다. 그렇다고 팔팔하게 젊은 놈이 목을 매자니 조상님 뵐 면목도 없고 남 보기에도 창피하다.

그러고 보니 물리전문학교 같은 데 들어가 수학처럼 아무 쓸모도 없는 공부를 하느니 600엔으로 우유장사라도 할 걸 그랬다. 그랬으면 기요의 곁을 떠날 일도, 먼 곳에서 기요를 걱정하며 살 필요도 없었을 것이다. 같이 살 때는 몰랐는데 이렇게 멀리 떨어져 있어 보니 역시 기요는 좋은 사람이다. 온 나라를 뒤진다고 해도 기요처럼 심성이 좋은 여자는 찾기 힘들 것이다. 내가 도쿄를 떠날 때 감기 기운이 조금 있었는데 지금쯤 좋아졌으려나. 지난번에 보낸 편지를 받아봤다면 꽤나 좋아했겠지. 그렇다면 지금쯤 답장이 왔을 텐데. 나는 이런 생각을 하며 이삼일을 보냈다.

자꾸 신경이 쓰여서 하숙집 할머니에게 도쿄에서 편지가 오지 않았냐고 몇 번이나 물었지만, 그때마다 아무것도 안 왔다며 안쓰러운 눈빛으로 내 얼굴을 쳐다봤다. 이 부부는 이카긴과는 달리 무사 집안의 혈통을 이어받은 터라 무척 점잖았다. 할아버지가 밤만 되면 이상한 목소리로 우타이(일본의 전통 가면극에서 부르는 노래)를 부르는 데는 두 손 두 발 다 들었지만, 이카긴처럼 차나 한잔 하자며 함부로 구는 일은 없어서 아주 편하다.

할머니는 가끔 내 방으로 와서 이런저런 이야기를 한다. "뭣땀시 색시는 두고 혼자 왔다요?" 하고 물어본다. "부인이 있는 것처럼 보입니까? 이래 봬도 아직 스물넷밖에 안 됐습니다" 하고 대답했지만 "스물넷이면 색시를 얻고도 남을 나이구만요" 하더니 어디 사는 누구는 나이 스물에 아내를 얻었다는 둥, 또 어디 사는 누구는 스물둘에 아이를 둘이나 낳았다는 둥 하면서 대여섯 가지 예를 들어가며 반박하는 데는 질려버렸다.

"그러면 나도 스물넷에 색시 좀 얻게 도와주실라요?" 하고 여기 사투리를 흉내 내며 부탁해보았더니 할머니는 순진하게 "정말이지라우?" 하고 묻는다.

"정말이구말구요. 진짜 색시를 얻고 싶다니까요."

"암만. 젊을 때는 다 고런 것이지라우."

이럴 땐 뭐라 대답해야 할지 모르겠다.

"근디 선상님은 벌써 색시가 있는 거 같은디. 내 눈은 못 속인당께."

"이야, 보는 눈이 있으시네요. 어떻게 아셨지?"

"워째서는 워째서요? 도쿄에서 소식이 있나 없나 하믄서 이제나저제나 편지 오기만 기둘리고 있응께."

"우와, 대단하세요. 역시 날카로워."

"내가 딱 맞혀부렀지라."

"그러게요. 그런지도 모르겠네요."

"그란디 요즘 여자들은 옛날하고는 다릉께 맘을 놔서는 안 되지라우. 조심해야 쓴당께요."

"왜, 우리 색시가 도쿄에서 샛서방이라도 뒀을까봐 그러십니까?"

"아녀, 선상님 색시는 확실하겄지만서도……."

"그렇다면 마음이 놓이네. 그런데 뭘 조심하라는 겁니까?"

"선상님 색시야 확실하지라, 그 색시야 확실하겄지만서도……."

"그러면 어디 마음 못 놓을 색시라도 있는 모양이지요?"

"여기도 많이 있지라. 선상님, 저기 도야마 씨네 따님을 알고 계신당가요?"

"아뇨, 모릅니다."

"아직 모르시는구만. 요 근방에서 제일가는 미인이랑께요. 학교 선상님들이 모두 마돈나, 마돈나 하고 부르는디 아직 못 들어봤는가벼?"

"아, 마돈나! 난 또 기생 이름인 줄 알았네."

"선상님, 고것이 아니고 마돈나라는 것은 외국말로 미인이라는 뜻이 아닐랑가요?"

"그런가, 몰랐네요."

"그랑께 고것이 아마 미술 선상님이 붙인 이름일 거구만요."

"알랑쇠가 붙였다고요?"

"요시카와 선상님이랑께요."

"그런데 마돈나가 그 마음을 놓을 수 없는 여자란 말입니까?"

"마돈나가 그런 여자랑께요."

"맹랑한 여자군. 옛날부터 별명 있는 여자치고 제대로 된 사람이 없었으니까. 그럴지도 모르겠군요."

"그렇다니께요. 기진노 오마츠(에도 후기의 미녀 도둑)도 있었고, 달기(주왕의 애첩으로 나라를 망친 악녀로 불림)라는 무서운 여자도 있지 않았어라우."

"마돈나도 그런 여자입니까?"

"그 마돈나가 말이지라, 선상님을 여기에 소개시켜준 고가 선상님에게 시집가기로 돼 있던 처자였당께요."

"허, 의외네요. 끝물 선생에게 그런 여자 복이 있을 줄이야. 역시 사람은 겉모습만 보고는 알 수가 없다니까요."

"그란디 작년에 그 집 아버님이 돌아가시는 바람에……. 그전에는 돈도 있고 은행에 주식도 있응께 아주 잘나갔지라. 근디 워쩐 일인지 그 뒤부터 가세가 갑자기 기울어버렸당께요. 고가 선상이 너무 사람이 좋은께 사기를 당한 거 아닌가 몰러. 그랑께 혼삿날도 자꾸 미뤄졌는디, 그 교감 선상이 와서는 자기 색시로 삼고 싶다고 한 거 아니겄소."

"빨간 셔츠가요? 그런 몹쓸 놈이 있나. 보통 셔츠가 아닌 줄은 알았지만. 그래서요?"

"사람을 보내서 혼사 얘기를 넣었는디 도야마 씨도 고가 선상에게 의리가 있응께 그 자리서 답은 못 하구 한번 생각해봐야 쓰겄다고 해서 돌려보내지 않았겠어라? 그랬더니 빨간 샤쓰 선상님이 연줄을 대서는 도야마 씨 댁에 들락날락하게 됐단 말이시. 결국에는 아가씨도 살살 구슬려 갖고는 자기 편으로 만들어불고. 빨간 샤쓰 선상님도 그렇지만 아가씨도 너무 했당께. 다들 말이 많지라. 고가 선상님한테 가기로 약조를 해놓구설랑 이제 와서 문학사 선상이 오라구 하니께 그짝으로 가불다니 어디 벌건 대낮에 낯짝이나 들고 다닐 수 있겄능가 말이여요."

"안될 말이지요. 벌건 대낮은커녕 깜깜한 밤길이라 한들 고개를 내놓고 다닐 수 있겠습니까."

"그라니께 친구인 홋타 선상이 고가 선상이 안쓰러워서 가만히 있을 수가 없응께 교감 선상님을 찾아가지 않았겠어라? 근디 빨간 샤쓰 선상님이 나는 약속한 사람 가로채고 그럴 생각은 없다, 파혼하믄 또 모르겄지만, 지금이야 도야마 집안과 교제를 하고 있을 뿐이다, 교제 좀 하기로서니 고가 선상헌티 미안할 건 없지 않느냐고 하니께 홋타 선상도 워쩌지 못하고 그길로 돌아왔다니께. 그 담부터 빨간 샤쓰 선상님이랑 홋타 선상이랑 사이가 안 좋아졌다고 소문이 파다하게 났지라우."

"참 자세히도 알고 계시네요. 어떻게 알게 되신 거예요?"

"쪼까난 동네니께 뭐든 다 알지라."

너무 속속들이 알고 있어서 곤란할 지경이다. 이 정도라면 튀김 메밀국수와 경단 사건도 알고 있을지 모른다. 정말 성가신 곳이다. 그래도 덕분에 마돈나가 뭔지도 알게 되었고, 고슴도치와 빨간 셔츠의 관계도 알게 됐으니 손해볼 건 없다. 다만 어느 쪽이 나쁜 건지 판단하기가 어렵다. 나 같이 단순한 사람은 흑백을 정리해두지 않으면, 어느 쪽의 편을 들어야 할지 모른다.

"할머니, 빨간 셔츠와 고슴도치, 어느 쪽이 좋은 사람일까요?"

"고슴도치가 뭐당가요?"

"홋타 선생 말입니다."

"고거야 힘이 센 걸로 치자믄 홋타 선상이 낫겄지만, 빨간 샤쓰 선상님은 문학사 아닌감. 능력은 그짝이 좋지 않겄어라. 그라고 상냥한 거야 빨간 샤쓰 선상님이 더 상냥해도 학생들헌티 인기가 좋은 건 홋타 선상이지라우."

"그러니까 어느 쪽이 좋은 겁니까?"

"긍께 월급을 많이 받는 쪽이 잘난 거 아니겠어라?"

이런 식으로 나오면 물어봤자 무슨 소용이랴 싶어 관뒀다. 그리고 이삼일 후 학교에서 돌아와 보니 하숙집 할머니가 히죽거리면서 "워메 징허게 기다렸지라우. 드디어 왔당께요" 하며 편지 한 통을 내밀더니 "찬찬히 보시요" 하고는 물러났다. 기요에게서 온 편지다. 딱지가 두세 장 붙어 있어서 자세히 보니 야마시로야 여관에서 이카긴의 하숙집을 거쳐 이곳으로 온 것이다. 게다가 야마시로야에서는 일주일이나 머물러 있었다. 아니, 여관이라고 편지까지 묵게 할 작정인가. 펼쳐 보니 정말 장문의 편지다.

도련님의 편지를 받고 바로 답장을 쓰려고 했으나 공교롭게도 감기에 걸려 일주일 정도 누워 있는 바람에 답장이 늦어져 죄송합니다. 게다가 요즘 아가씨들처럼 읽고 쓰는 게 능숙하지가 않아서, 이렇게 글씨가 엉망인데도 쓰는 데 정말 고생했어요. 조카에게 대신 써달라고 부탁할까도 생각해봤지만 모처럼 도련님께 보내는 편지인데 제가 직접 써야 죄송하지 않을 것 같아서 초안을 한 번 쓴 다음 베껴 쓴 것입니다. 베껴 쓰는 데는 이틀 걸렸지만, 초안을 쓰는 데는 나흘이 걸렸습니다. 읽기 힘들지도 모르겠지만, 그래도 정성을 다해 썼으니 부디 끝까지 읽어주세요.

이렇게 서두를 시작한 편지는 넉 자(1.2미터)는 족히 될 만한 장문으로 시시콜콜한 이야기들이 적혀 있었다. 역시 읽기가 힘들다. 글씨만 서툰 게 아니라 거의 히라가나로만 썼기 때문에 어디에서 끊어지고 어디에서 시작하는지 알기가 어렵다. 나는 성질이 급해서 이렇게 길고 이해하기 어려운 편지는 5엔을 준다고 해도 안 읽을 테지만, 이번만큼은 처음부터 끝까지 꼼꼼하게 읽어나갔다. 읽기는 다 읽었는데 무슨 말인지 모르겠어서 다시 처음부터 읽기 시작했다.

날이 어둑해지면서 글씨까지 잘 안 보여서 마침내는 툇마루로 나가 다시 주의를 기울여 읽기 시작했다. 파초 잎을 흔들던 초가을 바람이 맨살을 세차게 스쳐 지나갔다. 그 바람에 읽다 만 편지가 팔랑거리더니 편지를 거의 다 읽을 무렵에는 긴 편지지의 절반이 팔락팔락 소리를 내고 있었다. 손을 떼면 저쪽 울타리까지 날아갈 기세였다. 하지만 그런 일에 마음을 쓰고 있을 여유가 없다. 편지의 내용은 대략 이렇다.

도련님은 대쪽 같은 성품을 지녔지만 너무 다혈질인 게 걱정입니다. 다른 사람에게 함부로 별명을 붙였다가 미움을 살 수도 있으니 무턱대고 별명을 지어 불러선 안 돼요. 만약에 별명을 지었다고 해도 저에게 편지를 보낼 때만 쓰세요. 시골 사람들은 성미가 나쁘다고 하니까 신경 써서 큰일을 당하지 않도록 조심하세요. 날씨도 도쿄보다 변덕스럽다고 하니 춥게 자서 감기에 걸리는 일이 없도록 해야 합니다.

도련님의 편지는 너무 짧아서 돌아가는 형편을 잘 모르겠으니 다음에는 이 편지의 반만이라도 써주세요.

하숙집에 5엔 정도 팁을 주는 건 괜찮은데 나중에 돈이 모자라 곤란하지는 않을까 걱정됩니다. 혼자 시골에 뚝 떨어져 있으니 의지할 거라곤 돈밖에 없습니다. 될 수 있으면 근검절약해서 만일의 경우에 대비하도록 하세요. 용돈이 부족해 곤란할지도 모르니 10엔을 보냅니다. 도련님이 도쿄로 돌아와 집을 갖게 되는 날 보태려고 지난번에 도련님에게서 받은 50엔을 우체국에 맡겼는데, 10엔을 드리고도 아직 40엔이 남았으니 충분합니다.

과연 여자란 아주 꼼꼼하다. 툇마루에 걸터앉아 펄럭거리는 편지를 붙들고 생각에 잠겨 있자니 장지문을 열고 하기노 할머니가 식사를 가져왔다.

"아직도 보고 계신당가? 겁나 긴 편지라 그라는갑소."

"아닙니다. 아주 중요한 편지라 바람에 날리면서 보고 또 날리면서 보고 하는 겁니다" 하고 스스로도 영문 모를 답을 하고는 밥상 앞에 앉았다. 보아 하니 오늘 저녁도 고구마 조림이다. 이 집은 이카긴네 집보다 친절하고 교양도 있는데 애석하게도 음식 맛이 영 별로다. 어제도 고구마, 그제도 고구마, 오늘도 고구마다. 분명 고구마를 아주 좋아한다고 말하긴 했지만 이렇게 연거푸 고구마만 먹어서야 살 수가 있나. 끝물 호박만 먹어서 그렇게 됐다고 끝물 선생을 비웃을 처지가 못 된다. 내 자신이 머지않아 고구마 선생이 되게 생겼다.

기요가 있었다면 내가 좋아하는 참치회나 어묵구이를 해줬겠지만, 가난한 무사 집안의 구두쇠에게 바랄 걸 바라야지. 아무리 생각해도 나는 기요와 함께 살아야 한다. 혹시라도 이 학교에 오래 다니게 될 것 같으면 도쿄에서 기요를 불러들여야지. 튀김 메밀국수를 먹으면 안 된다, 경단을 먹어서도 안 된다고 하니 하숙집에서 고구마만 먹다가 노랗게 떠 있게 생겼다. 교육자 노릇도 참 못할 노릇이다. 절간에 계시는 스님의 입도 나보다는 호강할 것이다.

나는 고구마 조림을 다 먹어치우고 책상 서랍에서 날달걀을 두 개 꺼내 밥그릇에 깨뜨려 먹고 나서야 겨우 허기를 달랠 수 있었다. 날달걀이라도 먹어 영양을 취하지 않고서 어떻게 일주일에 스물한 시간의 수업을 할 수 있겠는가.

오늘은 기요의 편지를 읽느라 온천에 갈 시간을 놓쳤다. 매일 가던 곳을 하루라도 빼먹으면 기분이 찜찜하다. 기차라도 타고 빨리 가려고 예의 그 빨간 수건을 늘어뜨리고 정거장까지 갔는데 바로 2, 3분 전에 기차가 떠나버려 조금 기다려야 했다. 벤치에 걸터앉아 담배를 피우고 있는데 마침 끝물 선생이 나타났다. 하숙집 할머니에게 들은 얘기가 있으니 오늘따라 끝물 선생이 더 불쌍해 보였다. 평소에도 하늘과 땅 사이에서 얹혀사는 것처럼 작게 웅크리고 있는 모습이 사뭇 애처로웠는데, 오늘 밤은 애처로운 정도가 아니었다. 할 수만 있다면 월급을 배로 올려주고 도야마 씨의 따님과 내일 당장 혼인시킨 다음, 한 달 정도 도쿄로 신혼여행이라도 보내주고 싶은 마음이었다.

"온천 하러 가십니까? 자, 여기 앉으시지요."

나는 벌떡 일어나 옆으로 자리를 옮겼다.

"아니요, 신경 쓰지 마십시오."

끝물 선생은 미안해하며 사양을 하는 건지 어쩐지 모르게 엉거주춤 서 있다.

"좀 기다려야 해요. 서 있으면 힘드니까 앉으세요."

"그러면 실례하겠습니다."

끝물 선생은 그제야 벤치에 앉았다. 세상에는 알랑쇠처럼 굳이 나서지 않아도 될 곳에 얼굴을 내미는 건방진 자가 있는가 하면, 고슴도치처럼 이 나라는 자기 없이 곤란하다는 듯한 얼굴을 하고 다니는 자도 있다. 그런가 하면 빨간 셔츠처럼 머릿기름을 바르고 다니며 여자나 밝히는 자도 있으며, 교육이라는 것이 살아서 프록코트를 입는다면 그게 바로 본인이라는 듯 으스대는 너구리 같은 자도 있다. 서로가 앞다투어 잘난 체를 하는데 끝물 선생만이 있어도 없는 듯 인질로 잡힌 인형처럼 얌전하게 있다. 이런 사람은 본 적이 없다. 얼굴은 좀 부었지만 이렇게 괜찮은 남자를 버리고 빨간 셔츠 같은 자에게 기울다니 마돈나도 속을 알 수 없는 여자다. 빨간 셔츠 수십 벌을 준다고 해도 이만큼 훌륭한 신랑감과는 안 바꿀 것이다.

"선생님, 어디가 안 좋으세요? 많이 피곤해 보이세요……."

"아니요, 특별히 이렇다 할 지병도 없습니다만……."

"그러면 다행입니다. 몸이 아프면 사람도 못 씁니다."

"선생님은 꽤 건강해 보이시네요."

"네, 말랐어도 병은 없습니다. 아픈 건 딱 질색입니다."

끝물 선생은 내 말을 듣고 싱글싱글 웃었다.

그때 마침 역 입구에서 젊은 여성의 웃음소리가 들리기에 별생각 없이 뒤를 돌아보았더니 눈에 띄는 사람들이 있다. 피부가 하얗고 서양식 머리를 한 키가 큰 미인과 마흔대여섯 정도 되는 부인이 매표소 앞에 나란히 서 있다. 나는 미인의 이목구비를 요목조목 따질 수 있는 남자가 아니라서 자세히 설명하진 못하지만 정말 미인이다. 뭐랄까 수정 구슬을 향수로 데워 손에 쥔 것 같은 기분이 들었다.

나이 든 부인은 키가 작았지만 얼굴이 많이 닮은 걸로 보아 모녀 사이 같다. 그 젊은 여자가 어찌나 예쁜지 끝물 선생이 있다는 걸 완전히 까먹고 그쪽만 쳐다봤다. 그때 끝물 선생이 갑자기 일어나 천천히 여자 쪽으로 걸어가는 바람에 내심 놀랐다. 아무래도 저 여자가 마돈나인 것 같다. 끝물 선생이 다가가자 셋은 가볍게 인사를 나누었다. 거리가 좀 있어서 무슨 말을 하는지는 들리지 않았다.

역 안의 시계를 보니 이제 5분만 있으면 기차가 떠날 시각이다. 빨리 기차가 왔으면 좋겠다고 생각하면서도 말동무가 기다려지는 마음도 있었는데, 누가 또 허둥거리며 역 내로 뛰어들어 왔다. 바로 빨간 셔츠였다. 웬일인지 하늘거리는 기모노에 쪼글쪼글한 허리띠를 대충 두르고는 평소처럼 줄이 달린 금시계를 늘어뜨리고 있다. 저 금시계는 가짜다. 빨간 셔츠는 아무도 모를 줄 알고 뻐기고 있지만 난 진짜가 아니라는 걸 알고 있다. 빨간 셔츠는 주위를 두리번거리다가 매표소 앞에서 이야기하고 있는 세 사람에게 공손히 인사를 하고 두세 마디 하는 것 같더니 갑자기 내 쪽을 향해 사뿐사뿐 고양이 걸음으로 걸어왔다.

"이야, 선생도 온천에 가는 건가? 늦을까봐 서둘러 뛰어왔더니 아직 3분이나 남았군. 저 시계가 맞는 건지 모르겠네."

빨간 셔츠는 자기 시계를 꺼내 보더니 2분 정도 차이가 난다고 말하며 내 옆에 앉았다. 여자 쪽으로는 조금도 돌아보지 않고 지팡이

위에 턱을 얹고는 앞만 쳐다보고 있다. 나이 든 부인이 가끔씩 빨간 셔츠를 돌아보았지만 젊은 여자는 계속 고개를 돌린 채로 있었다. 마돈나가 확실하다.

드디어 삐이 하고 기적을 울리며 기차가 도착했다. 기다리던 일동이 앞다투어 기차에 올랐다. 빨간 셔츠는 가장 먼저 일등석에 뛰어올랐다. 일등석에 탄다고 해서 그렇게 잘난 척할 건 없다. 스미타까지 일등석이 5전, 이등석이 3전이니까 겨우 2전 차이밖에 안 난다. 나 같은 사람도 좀 더 보태 일등석을 끊었을 정도다. 그런데 원래 시골 사람들은 구두쇠라서 그 2전도 아까워 대부분 이등석에 탄다.

빨간 셔츠의 뒤를 이어 마돈나 모녀가 일등석에 탔다. 끝물 선생은 늘 똑같이 이등석만 타는 남자다. 선생은 이등석의 찻간 입구에 서서 뭔가 주저하는 듯하더니 뒤에 있는 나와 눈이 마주치자 주저 없이 올라탔다. 순간 나는 끝물 선생이 너무 안쓰러워서 그 뒤를 따라 바로 같은 칸에 탔다. 일등석 표를 가지고 이등석에 타는 멍청한 짓도 없을 것이다.

온천에 도착해 3층에서 유카타 차림으로 갈아입은 다음 욕탕으로 내려갔는데 거기서 또 끝물 선생을 만났다. 나는 회의든 뭐든 막상 말할 차례가 되면 목이 콱 막혀 말이 잘 안 나오는 남자지만, 평소에는 말을 잘하는 편이라 탕 속에서 끝물 선생에게 이런저런 얘기를 걸어보았다. 왠지 가엾다는 생각에 가만히 있을 수가 없었다. 이럴 때 한마디라도 건네 상대를 위로하는 것이 도쿄 토박이의 의무라고 생각한다.

그런데 어찌된 일인지 끝물 선생은 전혀 이쪽 장단을 맞춰주지 않았다. 무슨 말을 해도 네, 아니오로 일관할 뿐이고 그조차 귀찮다는 듯한 반응이라 결국에는 내 쪽에서 마무리하고 먼저 일어났다.

욕탕에서는 빨간 셔츠를 보지 못했다. 하기야 목욕탕은 많이 있으니 같은 기차를 타고 왔다고 해서 같은 탕 안에서 만나리란 법은 없다. 별로 이상한 일도 아니다. 목욕을 마치고 나와 보니 달빛이 아름답다. 마을의 길 양쪽으로 버드나무가 있어 버드나무 가지가 길 가운데 둥그렇게 그림자를 드리우고 있다.

산책이라도 하려고 북쪽으로 걷다가 마을의 끝자락까지 가게 되었다. 왼쪽에 큰 문이 있고 문 안쪽의 막다른 곳에 절이 있는데 그 양쪽으로 유흥가가 있다. 절 안에 이런 곳이 있다니 전대미문의 일이다. 잠깐 들어가 보고 싶었지만 회의 시간에 너구리에게 한 소리 들을지도 모르니까 마음을 접고 지나칠 수밖에 없었다. 문에 검은 포렴을 걸어둔 작은 격자창의 단층집은 내가 경단을 먹고 낭패를 본 곳이다. 단팥죽, 떡국이라고 적힌 둥근 초롱의 불빛이 처마 끝까지 드리워진 버드나무의 줄기를 비추고 있었다. 먹고 싶은 마음은 굴뚝같았지만 꾹 참고 지나쳤다.

경단을 먹고 싶은데 먹지 못하는 건 정말 딱한 일이다. 하지만 자신의 약혼자가 다른 사람에게 마음을 빼앗긴다면 그건 더 서글프다. 끝물 선생의 일을 생각하면 경단은커녕 사흘을 굶는다 해도 불평 한마디 할 수 없다. 정말이지 사람의 마음만큼 믿을 수 없는 것도 없다. 얼굴만 보면 그런 몰인정한 일을 할 사람처럼 보이지 않건만, 아름다운 사람이 몰인정하고 퉁퉁 불은 호박 같은 고가 선생이 선량한 군자라니 방심할 수 없는 세상이다. 뒤끝 없고 소탈하다고 생각했던 고슴도치가 학생을 선동했다고 하질 않나, 학생을 선동한 건가 의심했더니 장난 친 기숙생들을 엄중히 처벌해야 한다고 주장하질 않나. 왠지 정이 안 가는 빨간 셔츠가 의외로 친절하여 넌지시 도움을 주는가 싶었더니 마돈나를 가로챘다고 하지. 마돈나를 꼬드긴 비열한 인간인가 생각했더니 고가 선생이 파혼하지 않는 이상 결혼할 생각은 없다고 하지. 이카긴은 말도 안 되는 트집을 잡아 나를 내쫓더니 바로 알랑쇠를 그 방에 들이고. 아무리 생각해도 도무지 알 수가 없다. 기요에게 이런 일들에 대해 말해주면 엄청 놀라겠지. 하코네에서 멀리 떨어진 곳이라 도깨비들이 모여드는 바람에 그런 거라고 말할지도 모른다.

나는 본디 태평한 성격이라 별걱정 없이 살아왔는데, 여기 온 지 한 달도 채 안 돼 갑자기 세상살이가 무서워졌다. 이렇다 할 큰일을 겪은 것도 아닌데 벌써 오륙 년이 지난 것 같다. 이런저런 생각에 빠져 있는 사이에 이미 돌다리를 건너 노제리 강의 둑까지 와버렸다.

강이라고는 하지만 시냇물처럼 졸졸 흐른다. 둑을 따라 1.5킬로쯤 내려가면 아이오이 마을이 나오고 그곳에 유명한 관음상이 있다.

온천 마을 쪽을 뒤돌아보니 빨간 등이 달빛 아래서 빛나고 있다. 북소리가 나는 곳은 유흥가일 것이다. 강은 얕아도 물살이 빨라서 꼭 물줄기가 성난 것처럼 번득거린다. 어슬렁어슬렁 둑 위를 걷다가 300미터나 왔을까, 저쪽에 사람의 그림자가 보이기 시작했다. 달빛에 비춰진 그림자는 둘이다. 온천에 들렀다가 마을로 돌아가는 젊은이일지도 모른다. 그런데 노래도 부르지 않고 의외로 조용하다.

점점 내 걸음이 빨라지는지 두 사람의 그림자도 커져갔다. 한 사람은 여자인 것 같다. 남자가 내 발소리를 들었는지 20미터쯤 떨어진 거리에서 갑자기 뒤를 돌아보았다. 달은 내 등 뒤에서 비추고 있었기 때문에 순간 남자의 모습이 보였다. 나는 깜짝 놀랐다. 남녀는 다시 원래대로 걷기 시작했고, 나는 뭔가 짚이는 게 있어서 갑자기 전속력을 다해 쫓아갔다. 앞사람들은 아무 눈치도 못 채고 아까처럼 천천히 발걸음을 옮겼다.

이젠 두 사람 사이에 오고가는 말소리가 또렷하게 들린다. 둑의 넓이는 나란히 서서 걸으면 가까스로 세 명이 지나갈 정도다. 나는 바짝 따라붙어서 주저 없이 남자를 스치고 지나간 뒤 두어 발자국 앞에서 발길을 홱 돌려 남자의 얼굴을 쳐다보았다. 이번에는 달빛이 정면에서 쏟아져 내 머리와 턱 언저리를 비추었다. 남자는 "아" 하고 작게 신음소리를 내더니 얼른 고개를 돌렸다. 그러고는 이제 돌아가자며 여자를 재촉해 온천 마을 쪽으로 발길을 돌렸다.

빨간 셔츠가 원래 뻰뻰한 놈이라 사람을 속일 생각으로 그런 건지, 소심해서 자기라고 못 밝힌 건지 모르겠다. 아무튼 동네가 좁아서 난처한 건 나뿐만이 아니었다.

빨간 셔츠를 따라 낚시를 다녀온 뒤로 계속 고슴도치를 의심했다. 있지도 않은 일을 트집 잡아 하숙집을 나가라고 했을 때는 정말 괘씸한 놈이라고 생각했다. 그런데 회의석상에서는 뜻밖에도 학생을 엄중하게 처벌해야 한다고 주장했기 때문에 '어라? 이거 이상한데?' 하고 고개를 갸우뚱했다. 하숙집 할머니로부터 고슴도치가 끝물 선생을 위해 빨간 셔츠와 담판을 지으러 갔다는 이야기를 들었을 때는 감탄하며 박수를 쳤다.

이런 상황을 종합해봤을 때 나쁜 쪽은 고슴도치가 아니다. 빨간 셔츠가 배배 꼬인 인간이라 천연덕스럽게 이야기를 빙빙 돌려가며 고슴도치가 적당히 의심을 사도록 술수를 쓴 게 아닌가, 이런 고민을 하던 차에 노제리 강둑에서 마돈나와 산책하는 모습을 보고 말았으니 확실히 빨간 셔츠가 수상하다는 결론을 내렸다. 수상한 놈인지 아닌지는 잘 몰라도 어쨌든 좋은 사람이 아닌 건 확실하다. 겉과 속이 다른 남자다. 인간은 대쪽같이 올곧아야지 그렇지 않으면 믿을 수가 없다. 올곧은 사람과는 싸움을 하더라도 기분이 좋다. 빨간 셔츠처럼 상냥하고 친절하고 고상하며, 호박 파이프를 과시하듯 물고 다니는 사람에게는 마음을 놓을 수 없다. 좀처럼 싸움도 되지 않을 것 같다. 싸워봤자 씨름 선수가 하듯 시원한 한판은 기대하기 어렵다. 1전 5리를 갖고 교무실에서 신경전을 벌였던 고슴도치가 훨씬 인간답다. 회의 시간에 쑥 들어간 눈을 부라리며 나를 노려보았을 때는 얄미웠지만, 그래도 빨간 셔츠의 끈적끈적하고 간살스러운 목소리를 듣는 것보다는 훨씬 낫다. 실은 그 회의가 끝나고 나서 어지간하면 화해를 하려고 한두 마디 건네 보았지만, 대꾸도 않고 계속 노려보길래 나도 기분이 상해서 그냥 내버려뒀다.

그 뒤로 고슴도치와는 말을 안 하고 지냈다. 책상 위에 놓아둔 1전 5리는 아직까지 그대로 있다. 먼지가 쌓여 있을 정도다. 내가 손을 델 수도 없는 노릇이고 고슴도치도 도통 가져갈 생각을 안 한다. 이 1전 5리가 우리 사이를 갈라놓는 벽이 되어 나는 말을 하려다 못하고 만다. 고슴도치는 완강히 입을 다물고 있다. 나는 1전 5리가 화근이 되어 고슴도치와의 사이가 틀어졌기 때문에, 나중에는 학교에서 그 돈을 보는 게 괴로웠다.

고슴도치와는 절교한 사이처럼 됐지만 빨간 셔츠와는 전처럼 잘 지내고 있다. 노제리 강에서 만난 다음 날에는 출근하자마자 내 자리로 달려와서는 "이번 하숙은 괜찮은가?", "다음에 또 러시아문학을 낚으러 가지 않겠나?" 하고 말을 걸어왔다. 나는 좀 얄미워서 "어젯밤에는 두 번이나 만났네요?"라고 했더니 "아니, 역에서……. 그런데 항상 그 시간에 나가는가? 좀 늦은 시간이 아닌가?" 하고 말했다.

"노제리 강둑에서도 만나 뵈었지요" 하고 한 방 먹였더니 "아니, 나는 그쪽에는 가지 않는다네. 온천에 갔다가 바로 돌아갔는걸" 하고 잡아뗐다. 실제로 만난 건 만난 거니까 그렇게 숨기지 않아도 될 텐데. 거짓말이 능수능란한 남자다. 저런 사람이 중학교 교감이면 나 같은 사람은 대학 총장이다. 나는 그 순간부터 더욱더 빨간 셔츠를 믿지 않게 되었다. 믿지 못하는 빨간 셔츠와는 말을 하고 대쪽 같은 고슴도치와는 눈도 마주치지 않는다니 세상일은 참 묘하다.

그러던 어느 날 빨간 셔츠가 잠깐 할 얘기가 있으니 자기 집으로 와달라고 했다. 온천을 빼먹는 게 아쉽긴 했지만 4시쯤 집을 나섰다. 빨간 셔츠는 독신이지만 교감 체면에 걸맞게 하숙집은 옛날에 졸업하고 번듯한 집에서 살고 있었다. 집세는 9엔 50전이라 한다. 시골에서는 9엔 50전만 내도 이런 집에서 살 수 있는 건가? 그렇다면 나도 좀 더 분발해 도쿄에서 기요를 불러들여 같이 살까 하는 마음이 들 정도로 좋은 집이다.

"계십니까?" 하고 사람을 불렀더니 빨간 셔츠의 남동생이 달려 나왔다. 이 녀석은 내가 학교에서 대수와 산술을 가르치는 학생으로 성적이 영 좋지 않다. 그런데 도시에서 온 놈이라 그곳 시골내기 녀석들보다 더 영악하다.

빨간 셔츠에게 무슨 용건인지 물었더니 호박 파이프로 담배 연기를 뻑뻑 내뿜으며 이런 이야기를 했다.

"자네가 와준 뒤로 전임자가 있을 때보다 아이들 성적이 훨씬 좋아져서, 교장 선생님도 좋은 사람을 얻었다고 매우 좋아하시네. 아무튼 학교에서도 자네를 믿고 있으니 앞으로도 열심히 가르쳐주게나."

"아, 그렇습니까? 그런데 지금보다 더 열심히는 못합니다만……."

"지금도 충분하네. 다만 일전에 얘기했던 것 말이네, 그것만 잊지 말아주게."

"하숙집을 소개해주는 사람은 위험하다는 얘기 말입니까?"

"그렇게 대놓고 말해버리면……. 뭐, 됐네, 그 얘긴. 자네도 충분히 이해했으리라 생각하네. 그러니까 선생이 지금처럼 열심히 해주면 학교도 좋게 보고 있으니 대우도 좀 좋아지지 않을까 생각하는데 말이야."

"월급 말입니까? 월급이야 얼마를 받아도 상관없지만, 많이 받을 수 있다면 많이 받는 게 좋겠지요."

"그래서 말인데, 이번에 전근 가는 사람이 한 명 생겨서……. 물론 교장 선생님께서 허락을 하셔야겠지만……. 전근 가는 선생 월급에서 조금 융통해서 그걸로 선생 월급을 좀 올려주는 데 쓰도록 교장 선생님께 말씀을 드려보려고 하네.”

“정말 고맙습니다. 그런데 누가 전근을 가는 겁니까?”

“곧 발표할 사항이니 얘기해도 상관없겠지? 실은 고가 선생이네.”

“고가 선생은 여기 사람이 아닙니까?”

“여기 사람이지만 좀 사정이 있어서……. 반쯤은 당사자가 원한 거라네.”

“어디로 갑니까?”

“휴가의 노베오카인데, 워낙 오지라 월급을 좀 더 받기로 하고 가게 되었네.”

“고가 선생 대신 다른 사람이 오는 겁니까?”

“후임자도 거의 정해졌어. 후임자의 봉급에 따라서 자네에 대한 대우도 달라질 거네.”

“아뇨, 괜찮습니다. 너무 무리해서 올려주시지 않아도 됩니다.”

“아무튼 나는 교장 선생님께 말씀을 드려볼 생각이라네. 교장 선생님도 같은 생각을 하시는 것 같네만 추후에 자네가 좀 더 일하게 될 수도 있으니, 그렇게 알고 각오를 다졌으면 좋겠네.”

“지금보다 업무 시간도 늘어납니까?”

“아니, 시간은 지금보다 줄어들지도 모르네…….”

“수업시간은 줄어드는데 일을 더 하게 된다는 겁니까? 이상하네요.”

“언뜻 이상하게 들릴지 모르겠지만……. 지금 당장 이렇다 저렇다 말하기는 좀 곤란하고, 그러니까 자네의 책임이 좀 더 막중해질지도 모른다, 뭐 그런 뜻이지.”

나는 도통 무슨 말인지 모르겠다. 지금보다 막중한 책임이라면 수학 주임일 텐데, 주임은 고슴도치가 맡고 있다. 그자는 스스로 학교를 그만둘 것 같진 않던데. 게다가 학생들에게 인기가 많은 자이니 전근이나 면직이 학교의 득이 될 리도 없고. 빨간 셔츠는 항상 말을 알아듣기 어렵게 한다.

아무튼 용건은 이렇게 끝내고 이런저런 잡담을 나누었다. 끝물 선생의 송별회에 관한 이야기며, 말이 나왔으니 말인데 술은 하냐는 둥, 끝물 선생은 군자와 같은 사람으로 존경할 만하다는 둥 빨간 셔츠는 끊임없이 떠들어댔다. 그러다가 화제를 바꿔 하이쿠를 할 줄 아느냐고 묻길래 더 이상 안 되겠다 싶어 “하이쿠는 하지 않습니다. 안녕히 계세요” 하고 인사도 하는 둥 마는 둥 하고 뛰쳐나왔다. 하이쿠는 바쇼(에도 시대의 하이쿠 시인인 마쓰오 바쇼)나 한가한 이발소 주인이 하는 것이다. 수학 선생이 나팔꽃 따위에 두레박을 빼앗겨서야 되겠는가('나팔꽃에게 두레박 빼앗기고 이웃집에 물 얻으러 가네'라는 바쇼의 하이쿠에 빗댄 표현).

집에 돌아와 잠시 생각에 잠겼다. 도무지 속을 알 수 없는 남자다. 집이며 직장이며 뭐 하나 부족할 것 없는 고향을 두고 아는 사람 하나 없는 타지로 가서 고생을 하겠다니. 그것도 전차가 누비고 다니는 화려한 도시도 아니고 휴가의 노베오카라니, 대체 무슨 생각인가. 나는 배가 잘 다니는 곳에 왔는데도 한 달도 채 안 돼 돌아가고 싶어 죽겠는데. 노베오카라면 산골 중의 산골 아닌가. 빨간 셔츠의 말에 따르면 배를 타고 가다 마차로 갈아탄 다음 하루 종일 가면 미야자키라는 곳이 나오고, 거기서 다시 하루 꼬박 인력거를 타야 도착할 수 있는 곳이라 한다. 이름만 들어도 아무것도 없는 시골이라는 걸 알 수 있다. 원숭이와 사람이 반반씩 살고 있을 것 같다. 아무리 성인군자 끝물 선생이라고 해도 원숭이를 상대하고 싶지는 않을 텐데 이 무슨 해괴망측한 짓인가.

이런 생각을 하고 있는데 오늘도 어김없이 하숙집 할머니가 저녁밥을 가져왔다. 오늘도 고구마 반찬이냐고 물어보니 오늘은 두부라고 한다. 고구마나 두부나 거기서 거기다.

"할머니, 고가 선생은 휴가에 간다던데요?"

"워메 불쌍해서 어쩐다요."

"불쌍하기는. 자기가 좋아서 간다는 걸 어쩌겠어요."

"좋아서 가다니 누가 그런 소리를 했당가요?"

"누구긴요, 본인이지요. 고가 선생이 별나서 가겠다고 한 것 아니겠어요?"

"고것이 아니랑께요. 몰라도 한참을 모르시는구만."

"모르다니. 방금 빨간 셔츠한테 들은 얘기라니까요. 그게 사실이 아니라면 빨간 셔츠는 천하의 거짓말쟁이가 되는 거라구요."

"교감 선상님이 그렇게 말씀하시는 것도 맞는 말이겠지만, 고가 선상님이 가고 싶지 않은 것도 맞는 말이지라우."

"그렇다면 둘 다 일리가 있는 거네. 할머니는 공평해서 좋다니까. 그런데 도대체 어떻게 된 일입니까?"

"오늘 아침 길 가다 고가 선상댁 어머니를 만났지라우. 그때 조목조목 이야기를 나눴당께요."

"무슨 얘기를 했는데요?"

"그 댁도 아버님이 돌아가신 뒤부터 우리가 생각하는 것처럼 형편이 좋지를 못해서 곤란했던 모양이구만요. 긍께 그 어머니가 교장 선상님을 찾아가서 부탁을 하지 않았겠어라. 고가 선상이 학교에서 일한 것이 벌써 4년이 넘었응께 제발 봉급을 쪼매만 올려주면 안 되겄냐고 말이지라우."

"그랬군요."

"교장 선상님이 생각 좀 해보겄다구 허니께 그 댁 어머니도 맘을 놓구 이제나저제나 목을 빼구 기둘리고 있었단 말이시. 근디 어느 날 교장 선상님이 고가 선상을 불러서 가보니께 지금 학교가 돈이 모자라 봉급을 올려줄 수가 없다, 헌디 노베오카의 학교에는 자리가 있어서 그짝으로 가면 매달 5엔은 더 받을 수 있게 조치해두었다, 그러니 거기로 가는 것이 좋지 않겠냐고 했당께요."

"아니, 그건 의논이 아니라 명령이잖아요."

"그렇지라우. 고가 선상은 봉급은 그대로라도 좋응께 여기에 있고 싶다, 집도 그렇고 어머니도 있응께 여기 있게 해달라고 부탁혔는디 벌써 그렇게 정해진 거라 어쩔 수 없다고 교장 선상님이 딱 잘라 거절했당께요."

"아니, 해도 해도 너무하네. 그러면 고가 선생은 갈 마음이 없다는 거 아냐? 어쩐지 이상하다 했어. 고작 5엔 더 받고 원숭이하고 상대하러 그런 첩첩산중으로 들어가는 벽창호가 어디 있다고!"

"벽창호가 뭐당가요?"

"그게 중요한 게 아니고……. 이건 순전히 빨간 셔츠가 꾸민 짓이네요. 아주 못됐어, 사람을 속여먹고 말이야. 그러면서 내 월급을 올려주겠다니, 이런 괘씸한 일이 어디 있어? 올려주면 누가 얼씨구나 좋다 하고 받을 줄 알고?"

"선상님은 봉급이 오르는 것이여?"

"올려준다고 했는데 거절해야겠어요."

"뭣땀시 거절한다요?"

"거절해야지요. 할머니, 빨간 셔츠가 하는 짓을 보세요. 비겁하잖아요!"

"비겁하더라도 말이여, 선상님, 월급을 올려준다고 하믄 얌전하게 받아두는 것이요. 선상님은 아직 젊응께 화가 나는 것도 당연하지라. 근디 나이 먹어보믄 쪼깨 참을 걸 잘못혔구만, 성질 뻗치는 대로 해서 쓸데없이 손해만 봤구만 하고 후회하는 법이랑께요. 늙은이 말 듣고 빨간 샤쓰 선상님이 올려주겄다 하믄 감사합니다 하고 받아두랑께요."

"쓸데없는 참견 마세요. 오르든 깎이든 내 월급이니."

하기노 할머니는 아무 말도 안 하고 그대로 물러났다. 할아버지는 태평스러운 목소리로 우타이를 부르고 있다. 우타이란 그냥 읽어도 될 것을 공연히 어려운 가락을 붙여 알아듣기 힘들게 하는 것인가 보다. 저런 걸 매일 밤 질리지도 않고 부르는 할아버지의 머릿속엔 뭐가 들어 있을까.

아무튼 지금은 그런 것에 신경 쓸 겨를이 없다. 그다지 바라지도 않았지만 굳이 월급을 올려준다고 하니까 남아도는 돈을 그대로 두는 것도 아까운 일이라 좋다고 한 것뿐이다. 그런데 전근을 원하지 않는 사람을 억지로 전근시켜 그 사람 월급의 일부를 가로챈다니 어떻게 그런 인정머리 없는 짓을 할 수 있단 말인가. 월급은 그대로라도 좋으니 여기에 있고 싶다는 사람을 노베오카의 깊은 산골짜기로 쫓아내는 건 또 무슨 꿍꿍이이고. 아무튼 당장이라도 빨간 셔츠에게 가서 거절하고 오지 않으면 마음이 편하지가 않을 것 같다.

두꺼운 하카마를 챙겨 입고 다시 빨간 셔츠의 집으로 갔다. 큰 대문 앞에 서서 "누구 없소?" 하고 사람을 불렀더니 이번에도 그 동생이 뛰어나왔다. 내 얼굴을 보더니 또 왔냐는 듯한 눈빛이다. 용건이 있으면 두 번이든 세 번이든 찾아올 수 있고, 한밤중이라 해도 두들겨 깨우는 법이다. 교감 집에 문안인사라도 하러 온 줄 알고 헛짚은 건가. 이래 봬도 필요 없는 월급을 돌려주러 온 것이다. 지금 손님이 와 있다기에 현관에서 잠깐만 보면 된다고 했더니 다시 집 안으로 뛰어 들어갔다. 그런데 뒤축이 높고 어딘가 경박스러워 보이는 나막신 한 짝이 놓여 있는 게 눈에 띄었다. 때마침 안쪽에서 "이제 다 됐습니다" 하는 목소리가 들렸다. 알랑쇠다. 알랑쇠가 아니고서야 저런 새된 목소리에 예인이나 신을 법한 나막신을 끌고 다닐 리가 있겠는가.

잠시 후 빨간 셔츠가 등을 들고 나와서는 "자, 올라가시게나. 다른 사람이 아니라 요시카와 선생이라네" 하기에 "아니오, 여기서 얘기해도 괜찮습니다. 잠깐이면 됩니다" 하고 대답했다. 빨간 셔츠의 얼굴이 꼭 강낭콩처럼 불그스레하다. 알랑쇠와 한잔 걸치던 중인 것 같다.

"아까 제 월급을 올려주겠다고 하셨는데 생각이 좀 바뀌어서 거절하러 왔습니다."

빨간 셔츠는 등을 앞으로 내밀고 내 얼굴을 쳐다보더니 순간 뭐라 대답해야 좋을지 모르겠다는 듯 멍하게 서 있다. 이 세상에 월급 인상을 마다하는 놈이 다 있나 싶었던 건지, 거절할 때 하더라도 굳이 가자마자 다시 와서 그럴 필요가 있나 어이가 없었던 건지, 아니면 둘 다인지 이상한 표정으로 서 있다.

"아까 좋다고 한 것은 고가 선생이 스스로 원해서 전근한다고 했기 때문에……."

"고가 선생이 전근을 가는 건 전적으로 본인의 뜻이라네."

"그렇지 않습니다. 여기에 있고 싶어 합니다. 월급은 안 올려줘도 되니까 고향에 남고 싶은 겁니다."

"고가 선생이 그러던가?"

"그거야……. 본인에게 들은 것은 아닙니다."

"그럼, 누구에게 들었나?"

"하숙집 할머니가 고가 선생의 어머니한테 들은 이야기를 저에게 해줬습니다."

"음, 하숙집의 할머니가 그렇게 말한 거로군."

"뭐, 그렇습니다."

"미안하지만 그렇다면 얘기가 좀 다르지 않은가? 자네 말대로라면 하숙집 할머니의 말은 믿지만 교감인 내가 하는 말은 못 믿겠다는 걸로 들리는데, 그런 의미로 해석해도 되겠나?"

이러면 좀 곤란하다. 역시 문학사는 만만히 볼 게 못 된다. 이상한 부분에서 물고 늘어지면서 끈덕지게 밀어붙인다. 나는 아버지에게 자주 "네 녀석은 경솔해서 못 쓰겠다, 못 쓰겠어"라는 말을 들었는데 역시 나는 그것밖에 안 되는 놈인가 보다. 할머니의 이야기만 듣고 정신이 번쩍 들어 그길로 달려왔지만, 실상 끝물 선생이나 그 어머니를 만나 자세한 사정을 들어보지는 않았다. 그러니 이렇게 문학사가 마음먹고 덤벼들면 받아치기가 어렵다.

대놓고 말할 수는 없었지만 나는 이미 빨간 셔츠에 대한 불신으로 가득 차 있었다. 하숙집 할머니는 구두쇠에 욕심 많은 사람이긴 하지만 거짓말을 할 사람은 아니다. 빨간 셔츠처럼 겉 다르고 속 다르지는 않다. 나는 마지못해 이렇게 말했다.

"선생님 말씀이 맞을지도 모르겠지만…… 어쨌든 월급 인상은 사양하겠습니다."

"그건 더 이상하네. 자네가 일부러 여기까지 와서 월급 인상을 거절한 데는 어떠한 이유 때문이라고 생각되는데, 내 설명으로 오해가 풀렸는데도 불구하고 월급 인상을 거부하는 건 도저히 이해할 수가 없네."

"이해하기 어려우시겠지만, 어쨌거나 거절하겠습니다."

"정 그렇게 싫다면 더 이상 말하지 않겠네. 다만 특별한 이유도 없이 두세 시간 만에 그렇게 마음을 바꿔버리면 앞으로 자네의 신용에도 차질이 생긴다네."

"그래도 상관없습니다."

"그럴 리가 있나? 사람에게 신용만큼 중요한 게 어디 있다고. 설사

내가 한 발 양보해서 하숙집 주인 할아버지가…….”

“할아버지가 아닙니다, 할머니입니다.”

“하숙집 할아버지든 할머니든 자네가 들은 이야기가 사실이라고 쳐도 고가 선생에게 줄 돈을 깎아서 자네 월급을 올려주겠다는 게 아니네. 고가 선생이 노베오카로 가면 그 후임자가 올 거고, 후임자가 받는 월급이 고가 선생보다 좀 적을 테니 그 차액을 자네에게 돌려주겠다는 말인데, 엉뚱한 사람을 불쌍하게 여길 필요가 있겠는가. 고가 선생은 노베오카에 가서 승진을 할 거고 신참은 월급이 적으니 그 덕에 선생 월급이 오르면 이보다 좋은 일이 어디 있겠나? 정 싫다면 나도 어쩔 수 없지만 집에 돌아가서 한 번 더 생각해보지 그러나.”

나는 머리가 별로 좋지 않아서 상대가 이렇게 교묘한 말로 꼬드기면 ‘아, 그런가? 그러면 내가 틀렸구나’ 하고 물러서지만, 오늘은 그럴 생각이 없다. 여기에 온 첫날부터 빨간 셔츠는 주는 것 없이 싫었다. 그러다 친절한 여자처럼 군다고 생각을 바꾼 적도 있었지만, 실은 그게 친절도 뭣도 아닌 것 같아 오히려 더 싫어졌다. 그래서 아무리 논리적으로 설득을 해도, 교감이라는 자리를 내세워 나를 협박해도 더 이상은 소용없다. 토론을 잘하는 사람이 좋은 사람이란 법도 없고, 당하는 쪽이 나쁜 사람인 것도 아니다.

겉보기엔 빨간 셔츠가 꽤 그럴듯해 보인다. 하지만 겉모습이 아무리 훌륭해도 사람의 마음까지 얻을 수는 없다. 돈과 권력과 논리로 사람의 마음을 살 수 있다면, 고리대금업자나 순경이나 대학교수가 가장 사랑받아야 마땅할 것이다. 겨우 중학교 교감 정도의 언변으로 내 마음을 움직이려 하다니. 인간은 좋고 싫음에 따라 움직이는 존재지, 언변에 따라 움직이는 존재가 아니다.

"교감 선생님 말씀은 잘 알았으나 저는 월급이 오르는 게 싫어졌으니 아무튼 거절하겠습니다. 집에 가서 생각해봤자 결론은 마찬가지입니다. 그럼, 쉬세요."

나는 내 말만 하고 밖으로 나왔다. 머리 위로 은하수가 한 줄기 떠 있었다.

끝물 선생의 송별회가 있는 날 아침, 학교에 갔더니 고슴도치가 갑자기 말을 걸었다.

"지난번에는 이카긴이 와서 자네가 행패를 부려서 곤란하니 방 좀 빼게 해달라고 부탁하길래 곧이곧대로 믿고 나가달라 한 거라네. 그런데 나중에 알고 보니 그 인간 아주 못된 놈이더군. 위필이나 낙관 위조한 물건을 팔아먹는 놈이라지 뭔가. 분명 자네 얘기도 아무렇게나 지어낸 걸 거야. 물건 좀 팔아볼까 했는데 잘 안 먹히니까 쫓아내려고 나를 속인 거지. 어떤 인간인지도 모르고 자네에게 큰 실수를 했어. 미안하네."

고슴도치는 아주 장황하게 사과를 했다.

나는 아무 말도 하지 않고 고슴도치의 책상 위에 있던 1전 5리를 집어 주머니 속에 넣었다.

"그거 도로 가져가는 건가?"

고슴도치가 미심쩍다는 듯 물었다.

"선생에게 얻어먹는 게 싫어서 꼭 갚으려고 했는데 말이야. 가만 생각해보니 역시 얻어먹는 게 좋을 것 같아서 도로 가져가는 거야."

고슴도치가 크게 소리 내어 아하하하하 웃으면서 물었다.

"그럼 왜 진작 가져가지 않았나?"

"실은 가져가야지, 가져가야지 생각은 했는데 어쩐지 어색해서 그냥 두었네. 요샌 학교에서 저 돈을 보는 게 심란할 정도였어."

고슴도치가 나 보고 "지고는 못 사는 성격"이라고 하길래 나도 "못 말리는 고집불통"이라고 응수했다. 그리고 우리는 이런 대화를 나누었다.

"자네 대체 어디 출신인가?"

"나는 도쿄 토박이."

"아, 도쿄 토박이였군. 어쩐지 지고는 못 산다 했지."

"선생은?"

"나는 아이즈."

"아이즈라고? 그래서 그렇게 고집이 세군. 오늘 송별회는 참석할 건가?"

"가고말고. 자네는?"

"나도 물론 가지. 고가 선생이 떠나는 날엔 항구까지 배웅하러 갈 생각이야.”

“송별회는 재밌지, 꼭 나오게. 실컷 마셔야지.”

“그러시든가. 나는 생선이나 먹고 바로 나올 거라네. 바보 같이 술은 왜 마셔?”

“그새를 못 참고 시비 걸기는. 작은 일에 발끈하는 게 도쿄 토박이 다워.”

“뭐라든 상관없네. 그건 그렇고 송별회에 가기 전에 잠깐 우리 집에 들르게, 할 얘기가 있어.”

고슴도치는 약속대로 내 하숙집에 들렀다. 나는 전부터 끝물 선생의 얼굴을 볼 때마다 안쓰러워 보여 가슴이 아팠는데, 막상 송별회 날이 되고 보니 너무 딱해서 할 수 있다면 내가 대신 전근을 가주고 싶을 정도였다. 그래서 송별회 자리에서 연설이라도 해 그가 가는 길을 격려해주고 싶은데 떠듬떠듬하다가 내용이나 제대로 전달할 수 있을지 몰라서, 고슴도치의 우렁찬 목소리를 빌려 우선 빨간 셔츠의 기부터 꺾어버리자는 생각에 일부러 고슴도치를 부른 것이다.

나는 우선 마돈나 사건부터 이야기를 꺼냈다. 물론 고슴도치는 나보다 더 자세히 알고 있었다. 내가 노제리 강둑에서 일어났던 일을 이야기하면서 “바보 같다”고 했더니 고슴도치는 “자넨 아무나 보고 바보라고 하는군. 오늘 학교에서도 날 보고 바보라 하지 않았나? 내가 바보면 빨간 셔츠는 바보가 아니지. 나는 빨간 셔츠와는 다르지 않은가?"라고 강조했다. "그러면 빨간 셔츠는 얼간이야"라고 했더니 고슴도치는 "그럴지도 몰라" 하면서 맞장구를 쳤다. 고슴도치는 힘이 세긴 하지만 이런 말재간은 나를 따라오지 못한다. 아이즈 출신은 다 이런 모양이다.

그러고 나서 월급도 올려주고 앞으로 중요한 일도 맡기겠다는 빨간 셔츠의 말을 전했더니 고슴도치는 흥흥 콧방귀를 뀌면서 "나를 쫓아낼 생각이군" 했다.

"쫓아내면? 그렇다고 그만둘 건가?"

"누가 그만둬? 내가 쫓겨나면 빨간 셔츠도 무사하지는 못할걸?"

고슴도치가 큰소리를 쳤다.

"어떻게 하려고?"

내가 되물었더니 "아직 거기까진 생각 안 해봤어" 하고 대답했다. 고슴도치는 힘은 세지만 현명하지는 않은 것 같다. 내가 월급 인상을 거절했다고 하니 아주 좋아하면서 "역시 도쿄 토박이야, 잘했어" 하고 칭찬했다.

"끝물 선생이 그렇게 남고 싶어 하는데, 왜 유임 운동을 하지 않았지?"

"끝물 선생에게 이야기를 들었을 땐 이미 모든 게 다 결정된 뒤였어. 교장을 두 번이나 찾아가고 빨간 셔츠와도 담판을 지어보려 했지만 더 이상 손을 쓸 수가 없었지. 고가 선생은 사람이 너무 좋아 탈이야. 빨간 셔츠가 얘기를 꺼냈을 때 분명하게 거절하든가 일단 생각할 시간을 좀 달라고 그 자리를 피했어야 하는데, 교묘한 말재간에 속아 그 자리에서 바로 승낙해버렸으니. 그러니까 나중에 어머니가 울면서 애원하고, 내가 어떻게든 설득해보려고 쫓아다녔지만 아무 소용이 없었던 거라네."

고슴도치는 매우 안타까워했다.

"이번 일은 빨간 셔츠가 끝물 선생을 멀리 보내고 마돈나를 손에 넣으려는 술수인 것 같아."

"맞아, 그렇지. 그자는 얌전한 얼굴로 아무렇지도 않게 나쁜 짓을 하면서 누가 뭐라고 하면 빠져나갈 구멍 하나는 확실하게 만들어놓지. 아주 간사한 놈이야. 저런 인간은 맞아야 정신을 차리는데."

고슴도치가 울퉁불퉁한 팔을 걷어붙였다. 나는 신기해서 "자네 팔뚝 힘이 엄청 세 보이는데, 유도라도 하는가?" 하고 물었다. 고슴도치는 팔뚝에 힘을 줘 알통을 만들더니 만져보라고 한다. 손끝으로 찔러봤더니 목욕탕에서 쓰는 때밀이 돌 같다.

"이야, 대단하군. 이 정도 팔뚝이라면 빨간 셔츠 대여섯 정도는 한 방에 날아가겠어."

"당연하지."

고슴도치가 팔뚝을 굽혔다 폈다 하면서 울룩불룩 알통을 움직였다. 그 모습이 아주 유쾌했다. 고슴도치는 팔뚝에 종이 노끈을 두 줄 꼬아서 감아놓고 힘을 주면 끈이 끊어진다고 했다. “종이 노끈이라면 나도 할 수 있을 것 같은데?” 했더니 “할 수 있겠어? 자신 있으면 해 보라구” 한다. 못하면 망신이라 그만뒀다.

“오늘 밤 코가 비뚤어지게 마시고 빨간 셔츠와 알랑쇠를 두들겨 패 주는 건 어때?”

나는 농담 반 진담 반으로 고슴도치를 떠봤다. 고슴도치는 잠시 생각해보는 듯하더니 “오늘은 안 되겠어”라고 한다. “왜 그러는데?” 하고 물었더니 설득력 있는 답이 돌아왔다.

“오늘 그런 일이 일어나면 고가 선생이 불쌍하지 않은가. 그리고 어차피 패줄 거라면 그놈들이 나쁜 짓을 저지르는 현장을 덮쳐야지, 안 그러면 우리가 뒤집어쓸 수도 있어.”

고슴도치는 나보다 생각이 깊다.

“자, 그럼 오늘 사람들 앞에서 고가 선생을 크게 칭찬해주게. 내가 하면 도쿄 토박이가 그렇듯 경솔하게 나불거리게 되니 무게감이 없어서 안 돼. 그리고 난 자리를 깔아주면 갑자기 위에서 신물이 올라와 목구멍이 콱 막혀버린다네. 그래서 자네한테 양보하는 거야.”

“별 이상한 병도 다 있네. 그러면 사람들 많은 데선 말을 못하는 건가? 그거 참, 곤란하겠군.”

“뭐 그렇게까지 곤란할 것도 없네.”

이런저런 이야기를 하는 동안 시간이 다 되어 고습도치와 함께 송별회장으로 향했다. 장소는 '가신테'이라는 곳으로 이 고장 제일의 요릿집이라고 하는데 나는 한 번도 와본 적이 없다. 원래 세도가의 집이었던 곳을 사들여 요릿집으로 개업했다고 하던데, 과연 외관에서부터 위엄이 느껴졌다. 세도가의 집을 요릿집으로 바꾸다니 마치 멀쩡한 외투를 뜯어 내복으로 만든 격이다.

우리가 도착했을 때는 사람들이 거의 다 와서 다다미 50장짜리 방에 삼삼오오 무리지어 있었다. 방이 넓은 만큼 도코노마도 굉장히 컸다. 내가 야마시로야 여관에서 묵었던 다다미 15장짜리 방과는 비교도 안 된다. 길이를 재보니 3.6미터나 된다. 오른쪽에는 빨간 무늬가 있는 세토모노(세토에서 생산된 도자기를 말하는데 일반적인 '도자기'를 가리키기도 한다)에 큰 소나무 가지가 꽂혀 있었다. 뭐 하러 소나무 가지를 꽂아놨는지는 모르겠지만 몇 달이 지나도 시들 염려가 없으니 돈은 안 들어 좋겠다.

세토모노는 어디서 만들어지는 거냐고 과학 선생에게 물었더니 "그건 세토모노가 아닙니다, 이마리(이마리에서 생산된 도자기)입니다" 하고 말해줬다. "이마리도 세토모노 아닙니까?" 하고 물었더니 과학 선생은 에헤헤헤헤 하고 웃는다. 나중에 물어보니 세토에서 생산되는 자기라서 '세토'를 붙인다고 한다. 나는 도쿄 토박이라 '세토모노'란 도자기를 말하는 거라고 생각했다. 도코노마의 가운데 큰 족자가 걸려 있는데 내 얼굴만큼 큰 글자가 스물여덟 자나 쓰여 있다. 너무 못 썼다. 아무리 봐도 영 별로라서 한자 선생에게 "왜 저렇게 서툰 글씨를 보란 듯이 걸어두는 겁니까?" 하고 물었다. 그랬더니 선생은 저 글씨는 '가이오쿠'라는 유명한 서예가가 쓴 것이라 가르쳐주었다. 가이오쿠인지 뭔지 내가 보기엔 형편없는 글씨다.

곧이어 서기인 가와무라 선생이 착석해달라고 하기에 기둥에 기대어 편하게 앉았다. 가이오쿠의 족자 앞에는 하오리에 하카마를 갖춰 입은 너구리가 앉았고 그 왼쪽에 역시 하오리에 하카마 차림의 빨간 셔츠가 자리를 잡았다. 오른쪽은 주인공의 자리라고 해서 끝물 선생이 앉았는데 역시 전통 예복을 갖춰 입고 있었다. 나는 양복을 입고 있어서 무릎 꿇은 자세가 불편했기 때문에 바로 책상다리로 고쳐 앉았다. 옆자리의 체육 선생은 검은 양복바지를 입고서도 반듯하게 무릎을 꿇고 있었다. 체육 선생답게 훈련이 잘 되어 있다.

드디어 상이 차려지고 술병이 놓였다. 가와무라 선생이 먼저 일어나 개회사를 하고 뒤이어 너구리와 빨간 셔츠가 차례대로 일어나서 송별사를 했다. 세 명 다 입을 맞춘 것처럼 끝물 선생은 좋은 교사이며 사람이 정말 좋다고 나불거리고는 이번에 전근을 가게 돼 정말 유감이다, 학교뿐만 아니라 개인적으로 매우 애석하게 생각하지만 사정이 있어 전근을 희망했기 때문에 마지못해 보낸다는 뜻을 밝혔다. 이런 거짓말로 송별회를 시작하고는 조금도 부끄럽게 여기지 않는다.

특히 빨간 셔츠는 세 사람 중에서도 유독 끝물 선생을 추켜세웠다. 이런 좋은 친구를 잃는 것은 실로 자신에게 큰 불행이라고까지 했다. 그런데 그 말하는 폼이 정말로 그럴듯하고 평소보다 한층 더 나긋나긋하게 말하니 처음 듣는 사람은 누구라도 깜빡 속아 넘어갈 것이다.

'마돈나도 아마 이런 식으로 꼬드겼을 거야.'

한창 빨간 셔츠의 송별사가 이어지고 있는데 건너편에 앉아 있던 고슴도치가 내 얼굴을 쳐다보았다. 그 눈에서 잠깐 섬광이 비치는 듯했다. 나는 집게손가락을 들어 아랫눈꺼풀을 까 보이는 것으로 답했다.

빨간 셔츠가 자리에 앉기가 무섭게 고슴도치가 벌떡 일어났기 때문에 신이 나서 나도 모르게 짝짝짝 박수를 쳤다. 그러자 너구리를 비롯한 선생님들이 전부 내 쪽을 쳐다보아 잠깐 머쓱했다.

"교장 선생님을 비롯해 교감 선생님도 고가 선생의 전근을 매우 유감스러워하시는데 저는 좀 생각이 다릅니다. 저는 고가 선생이 하루라도 빨리 이 고장을 떠났으면 합니다. 노베오카는 산간벽지로 여기와 비교하면 물질적으로는 불편할지 모릅니다. 하지만 제가 듣기로 그곳은 순박한 풍속을 지닌 곳으로 선생과 학생 모두가 꾸밈없고 정직하다고 합니다. 마음에도 없는 사탕발림을 하거나 곱상한 얼굴로 군자를 곤경에 빠뜨리는 하이칼라는 없겠지요. 그러니 고가 선생처럼 어질고 덕이 있는 분은 반드시 그 고장 사람들에게 환영을 받을 것입니다. 저는 고가 선생을 위해 이 전근을 매우 축하하는 바입니다. 마지막으로 고가 선생, 노베오카에 가거든 그 고장 숙녀 중에서 군자의 배필에 걸맞은 좋은 분을 만나 하루라도 빨리 원만한 가정을 이루시길 바랍니다. 그리하여 그 지조 없는 뻔뻔한 여자가 부끄러워 고개를 못 들게 해주세요."

고슴도치는 에헴 하고 큰 기침을 두 번 하고는 자리에 앉았다. 이번에도 열렬한 박수를 보내고 싶었지만 다들 쳐다보는 게 싫어 그만두었다. 고슴도치가 착석하자 이번에는 끝물 선생이 일어났다. 선생은 공손히 자기 자리에서 말석까지 내려가 일동에게 정중하게 인사를 한 다음 입을 열었다.

"이번에 개인적인 사정으로 규슈로 전근을 가게 되었습니다. 그런데 선생님들께서 저를 위해 이렇게 성대한 송별회를 열어주시다니 정말로 감개무량합니다. 특히 교장, 교감 선생님을 비롯해 여러 선생님들께서 해주신 송별사는 제 가슴 깊이 감사하게 새기겠습니다. 저는 이제 먼 곳으로 떠나지만 부디 앞으로도 지금처럼 관심 어린 애정 부탁드립니다."

그러고 나서 끝물 선생은 코가 땅에 닿도록 인사를 하고 자리로 돌아갔다. 끝물 선생은 한없이 좋은 사람이지만 이럴 때 보면 그 속을 알 수가 없다. 자기를 바보 취급한 교장과 교감에게 공손하게 감사하다는 말을 한다. 그것도 형식적인 인사라면 모르겠는데 그 모습이나 말투, 표정을 봐서는 마음속에서 우러나온 것 같다. 이런 성인군자에게 진심 어린 인사를 듣는다면 미안한 마음에 얼굴이 붉어질 법도 한데 너구리도 빨간 셔츠도 가만히 듣고 있을 뿐이다.

인사가 끝나자 여기저기서 후루룩 하는 소리가 나길래 나도 따라서 국물을 마셔봤는데 맛이 없다. 어묵도 있었지만 거무칙칙한 것이 치쿠와(가운데가 뻥 뚫린 대나무 대롱 모양으로 구운 어묵)의 실패작이다. 생선회는 너무 두꺼워서 참치를 통째로 먹는 것이나 마찬가지다. 그래도 다른 사람들은 우걱우걱 맛있게 먹는다. 아마 도쿄 요리를 먹어본 적이 없는 모양이다.

그러는 사이 여러 차례 술병이 오가더니 분위기가 순식간에 흥겨워졌다. 알랑쇠는 교장 앞에 앉아 공손하게 술잔을 받고 있다. 정말 맘에 안 드는 놈이다. 끝물 선생은 한 사람 한 사람 차례대로 술잔을 주고받으며 한 바퀴 돌 작정인 것 같다. 정말 고생이다. 끝물 선생이 내 앞으로 와 "한 잔 받겠습니다" 하고 옷매무새까지 가다듬으며 권하는 바람에, 나도 양복바지의 불편함을 감수하고 무릎을 꿇은 채 술을 한 잔 따라주었다.

"모처럼 이곳까지 왔는데 만나자마자 헤어지게 되어 유감입니다. 떠나시는 날은 언제입니까? 꼭 부둣가까지 배웅해드리고 싶습니다."

"아닙니다, 용무가 바쁘실 텐데 그러실 필요 없습니다."

끝물 선생은 손사래를 쳤지만 나는 선생이 뭐라고 해도 학교를 쉬고 배웅할 생각이다.

한 시간쯤 지났을까, 송별회는 상당히 소란스러워졌다. "자, 한 잔 하게. 어랏! 내가 먹자고 하는데……"라는 둥 혀가 꼬이는 사람들이 하나둘 생기기 시작했다. 슬슬 따분해져서 변소에 들렀다가 별빛 아래에서 고풍스러운 정원을 바라보고 있는데 고슴도치가 다가왔다.

"어때, 아까 한 연설은 제법이지 않았나?"

꽤나 우쭐거린다.

"아주 좋았네. 그런데 한 군데가 마음에 걸려."

"어디가 마음에 안 들었지?"

"곱상한 얼굴로 군자를 곤경에 빠뜨리는 하이칼라는 없다……고 말했지?"

"응."

"'하이칼라'라는 말로는 부족하지."

"그럼, 뭐라고 해?"

"하이칼라에, 사기꾼에, 야바위꾼에, 내숭쟁이에, 잡상인에, 쥐새끼 같은 놈에, 앞잡이에, 멍멍 울면 개나 다름없는 놈이라고 했어야지."

"난 그렇게 술술 안 나와. 자네 정말 달변이군. 그렇게 단어를 많이 알고 있는데 연설은 못한다는 게 이상해."

"아니, 이건 싸울 때 쓰려고 알아둔 거고 막상 연설할 땐 안 나와."

"그런가, 그래도 술술 나오잖아. 한 번 더 해봐."

"열 번을 못 할까. 하이칼라에 사기꾼에, 야바위꾼……" 하고 말하는데 마루에서 쿵쾅거리는 소리가 나더니 두 사람이 비틀거리며 나왔다.

"이 사람들 너무하잖아, 도망을 가다니. 내가 있는데 가긴 어딜가? 자, 마시자구. 야바위꾼? 재밌네, 야바위꾼 재밌어. 자, 마셔, 마시자고."

이러면서 나와 고슴도치를 세게 잡아끌었다. 이 두 사람도 볼일을 보러 나왔다가 너무 취해서 변소에 가는 걸 잊어버리고 우릴 잡고 실랑이를 벌이는 것 같다. 술주정뱅이는 눈앞에서 벌어지는 일만 보이고 그전의 일은 바로 까먹는 모양이다.

"자, 여러분. 야바위꾼을 끌고 왔습니다. 자자, 마시자고. 야바위꾼이 고분고분해질 때까지 먹이자! 자네들, 도망 못 갈 줄 알아."

이렇게 말하고는 행여 도망갈 새라 나를 벽 쪽으로 밀어붙였다.

상 위를 구석구석 훑었지만 먹을 만한 생선은 하나도 남아 있지 않다. 자기 몫을 깨끗하게 먹어치우고도 더 먹을 게 없나 저쪽으로 원정을 간 사람도 있다. 교장은 언제 집에 갔는지 보이지도 않는다.

그때 "여기가 연회장인가요?" 하며 기생 서너 명이 방으로 들어섰다. 나는 좀 놀랐지만 벽 쪽에 붙어 옴짝달싹 못 하는 처지라 얌전하게 보고 있었다. 그런데 지금까지 기둥에 기대어 잘난 척 호박 파이프를 물고 있던 빨간 셔츠가 갑자기 일어나 방을 나가려고 하는 게 아닌가. 그러자 빨간 셔츠를 스쳐 지나가던 기생 하나가 웃으며 인사를 했다. 그중 가장 어리고 예쁜 여인이었다. 멀어서 잘 들리진 않았지만 "어머, 안녕하세요?"라고 말한 것 같다. 빨간 셔츠는 모르는 척하고 나가더니 다시 얼굴을 비추지 않았다. 아마 교장에 뒤이어 집으로 돌아갔을 것이다.

기생이 들어오자 술자리가 갑자기 활기를 띠었다. 환영한다는 뜻으로 소리를 지르는 건지 아주 왁자하다. 돌을 손에 쥐고 그 안에 몇 개가 들었는지 맞히는 놀이를 하는 사람도 있었는데 목소리가 어찌나 큰지 마치 이아이누키(앉은 자리에서 재빨리 칼을 뽑아 적을 치는 무술)를 배우는 것 같다. 한쪽에서는 가위바위보를 하고 있다. 완전히 몰입해서 엇, 얍 하면서 양손을 휘두르는 모습은 다크극단(일본에서 서양 최초로 꼭두각시 인형극을 공연한 영국 극단)의 인형보다 훨씬 솜씨가 뛰어나다.

저쪽 구석에서는 "어이, 술 따라" 하고 술병을 흔들면서 "술이다, 술"을 반복하고 있다. 너무 시끌벅적 요란스러워 견딜 수가 없다. 그 와중에 하는 일 없이 따분하게 고개를 숙이고 생각에 잠겨 있는 것은 끝물 선생뿐이다. 끝물 선생에게 송별회를 열어준 것은 그의 전근을 아쉬워해서가 아니다. 그저 술 마시며 놀고 싶은 거다. 끝물 선생 혼자 하는 일 없이 앉아 괴로워하고 있지 않은가. 이런 송별회라면 안 하는 게 낫다.

시간이 좀 더 흐르자 하나둘 굵고 탁한 목소리로 노래를 부르기 시작했다. 기생 하나가 내 앞으로 오더니 "한 곡 하세요" 하고 샤미센(일본의 대표적인 세 줄짜리 현악기)을 들기에 "난 안 해. 당신이나 해보지" 했다. 그랬더니 종과 북이 어쩌고저쩌고 만나고 싶은 사람이 있네 하는 노래를 단숨에 뽑아내고는 힘들어한다. 그럴 거면 좀 더 편한 걸로 하든가.

그런데 어느새 옆자리로 온 알랑쇠가 기생에게 "스즈, 보고 싶은 사람 만났나 싶더니 바로 가버려서 어떡하누" 하고 꼭 만담가처럼 말한다. 기생이 "몰라요" 하고 새치름하게 답하는데도 알랑쇠는 개의치 않고 "우연히 만나긴 만났는데……" 하고 불쾌한 목소리로 가락을 붙여 이야기한다. "그만하세요" 하고 기생이 손바닥으로 알랑쇠의 무릎을 치는데 알랑쇠는 뭐가 좋은지 싱글벙글이다. 이 여자는 아까 빨간 셔츠에게 인사를 한 기생이다. 기생에게 무릎을 맞으며 실실거리다니 알랑쇠도 어지간히 실없는 놈이다.

"스즈, 내가 기노쿠니(샤미센에 맞춰 부르는 속요 중의 명곡)에 맞춰 춤을 출 테니, 한 곡 연주하게."

알랑쇠는 춤까지 출 모양이다.

맞은편에서는 한자 영감이 이가 없는 입을 오물거리며 "안 들려요, 덴베. 당신과 나 사이는……까지 말한 건 들었는데 그 다음에는?" 하고 기생에게 묻고 있다. 할아버지라 기억력이 나쁘다. 과학 선생도 한 기생에게 잡혀 “둥글게 말아 올린 머리, 하얀 리본에 서양식 머리, 타는 것은 자전거, 켜는 것은 바이올린, 어설픈 영어로 술술 I am glad to see you” 하는 노래를 듣더니 “이야, 흥미로워. 영어도 섞여 있네” 하고 감탄한다.

고슴도치는 엄청나게 큰 소리로 “이보게, 이보게” 하고 기생을 부르고는 검무를 출 테니 샤미센을 연주하라고 명령을 내렸다. 고슴도치의 호령하는 목소리가 어찌나 우악스러웠던지 기생은 어안이 벙벙해서 아무 대답도 못 하고 있다. 그러든지 말든지 고슴도치는 지팡이를 들고 방 한가운데로 나가 혼자 숨은 재주를 펼치고 있다. 그런데 그때 알랑쇠는 이미 앞서 추던 춤에 다른 한 곡마저 끝내고 맨몸에 훈도시만 걸친 채 빗자루를 겨드랑이에 끼고 “청일 담판은 결렬되고……” 하며 술자리를 누비고 다녔다. 꼭 미친 사람 같다.

나는 아까부터 겹옷도 벗지 않은 채 괴로운 듯 앉아 있는 끝물 선생이 너무 불쌍했다. 아무리 자기 송별회라고 해도 벌거벗고 날뛰는 것까지 봐줄 필요는 없다는 생각이 들어 고가 선생에게 “이제 돌아갑시다” 하고 권해보았다. 그랬더니 선생은 “오늘은 저의 송별회이니 먼저 가버리면 실례가 아니겠습니까? 신경 쓰지 말고 먼저 가세요” 하고 움직일 생각을 안 한다.

“뭘 그리 신경 쓰십니까? 송별회면 송별회답게 해야지, 저 노는 꼴들을 좀 보세요. 이건 미친 사람들 아닙니까? 자, 갑시다.”

내키지 않아 하는 사람을 억지로 끌고 나가려고 하는데, 알랑쇠가 빗자루를 휘두르며 다가왔다.

"아니, 주인공이 먼저 가다니 너무하네요. 청일 담판이다! 보낼 수 없지."

알랑쇠가 빗자루로 갈 길을 막았다.

나는 아까부터 속이 부글부글 끓어오르던 참이라 "그게 청일 담판이면 너는 짱꼴라(중국인을 낮잡아 부르던 말)다" 하고 주먹으로 알랑쇠의 머리를 한 대 때렸다. 한 2, 3초 멍하게 있던 알랑쇠가 "아니, 이건 너무해. 창피하다고. 감히 이 요시카와를 때려? 어처구니가 없군. 그렇다면 진짜로 청일 담판이다!" 하고 무슨 말인지도 모를 말을 지껄이다가 고슴도치에게 목덜미를 잡아 채여 질질 끌려갔다. 고슴도치가 무슨 일이 났구나 싶어 검무를 멈추고 달려왔던 것이다.

"청일…… 아파, 아프다구. 이건 폭력이야" 하며 발버둥치는 것을 옆으로 비틀었더니 쿵 하고 쓰러졌다. 그 다음은 어떻게 됐는지 모르겠다. 끝물 선생하고 헤어져 집에 도착했을 때는 11시가 넘은 시각이었다.

10

오늘은 승전 기념일이라 수업이 없다. 연병장에서 기념식이 열리는데 너구리가 학생들을 인솔해 참가하기로 되어 있다. 나도 교직원의 한 사람으로서 함께 따라간다.

마을은 온통 일장기로 물결을 이뤄 눈이 부실 정도이다. 체육 선생은 8백 명이나 되는 학생들을 인솔하기 위해 한 학급씩 세운 다음 그 사이에 교직원 한두 명이 들어가 감독하도록 대열을 짰다. 꽤 교묘한 수를 쓴 것처럼 보이지만 사실상 별로 효과적이지 않은 조처였다. 왜냐하면 학생들은 아직 애들이라 건방진 건 기본이고 규율을 어겨야 자기들의 체면이 서는 거라고 믿고 있기 때문에 교직원 몇 명 갖고는 그 애들을 말릴 수가 없다. 시키지도 않았는데 자기들 맘대로 군가를 부르질 않나, 군가를 멈췄나 싶으면 와아 하고 괜히 소리를 지르질 않나 마치 부랑자가 마을 안을 누비고 다니는 것 같다. 노래도 안

하고 소리도 안 지를 땐 왁자지껄하게 떠들기 바쁘다. 떠들지 않고도 걸을 수 있을 것 같은데 일본인은 태어날 때 입부터 나온다더니 아무리 잔소리를 해도 들은 척도 안 한다. 그냥 떠들기만 하는 것도 아니고 교사의 험담을 해댄다. 치사한 놈들. 나는 숙직 사건으로 학생들에게 잘못했다는 사과를 받아냈으니까 이제 됐다고 생각했다. 그런데 그것은 큰 오산이었다. 하숙집 할머니의 말을 빌리자면 '착각도 유분수'다. 기숙생들이 나에게 머리를 조아린 것은 마음속 깊이 뉘우쳐서가 아니다. 교장이 시키니까 형식적으로 한 것뿐이다. 앞에서는 굽실거리면서 뒤로는 자기 잇속을 차리는 장사꾼처럼 학생들도 말로는 잘못했다고 하면서 장난을 그만둘 생각은 눈곱만큼도 없는 것이다. 곰곰이 생각해보면 이 세상은 이런 학생들과 같은 자들로 이뤄져 있는지도 모른다. 사람이 잘못했다고 사과를 한다고 해서 곧이곧대로 믿고 용서해주는 건 고지식한 바보나 하는 짓이다. 사과를 하는 것도 그 순간이요, 용서를 하는 것도 그 순간이라 생각하면 된다. 정말로 사과를 받아내고 싶다면 후회하며 용서를 빌 때까지 두들겨 패주는 수밖에 없다.

학생들 사이에 들어가 걷고 있자니 '튀김', '경단'이라는 말이 계속 들린다. 그런데 학생들이 워낙 많아서 누가 그런 소리를 했는지 알 수가 없다. 설사 누가 그랬는지 잡아냈다고 해도 선생님을 보고 튀김이라 그런 게 아니다, 경단이라고 한 적도 없다, 선생님이 신경이 날카로워져 피해의식이 생긴 탓에 그렇게 들리는 거라고 잡아뗄 게 뻔하다. 이런 비열한 근성은 봉건시대부터 내려온 이 고장의 풍습이라 입이 닳도록 가르쳐봤자 소용이 없다. 이런 곳에 1년이나 있게 되면 정직한 나도 물들어버릴지 모른다. 나는 상대가 그럴싸한 구실을 대면서 내 체면을 구기는 것을 그냥 보고만 있을 멍청이가 아니다. 그런 놈들이 사람이라면 나도 사람이다. 아무리 학생이니 어린애니 해도 나보다 덩치가 큰 녀석들이다. 그러니 처벌한다는 명목으로 복수하지 않으면 내 체면이 서질 않는다. 그런데 복수할 때 내 성질대로 하게 되면 역공을 당하기 쉽다. "너희들이 나쁜 짓을 했으니까"라고 해봤자 어차피 처음부터 도망 갈 구멍을 만들어놓았을 테니 결국에는 오히려 큰소리를 칠 것이다. 언뜻 그럴듯한 이유를 만들어놓고 그때부터는 내 잘못을 공격하겠지. 애초부터 복수를 하려고 한 일이라 상대방의 잘못을 밝히지 않는 한 내 주장은 쓸데없는 변명이 되고 만다. 결국 먼저 건드린 것은 저쪽인데 사람들은 내 쪽에서 싸움을 걸었다고 생각할 것이다. 내가 너무 불리하다.

그렇다고 녀석들이 하는 대로 두었다가는 점점 더 거만해질 테니, 거창하게 말해 세상을 위해 좋지 않다. 그렇기 때문에 나도 어쩔 수 없이 그 녀석들이 하는 수법을 써서 꼬리가 잡히지 않으면서 상대가 손을 쓸 수 없는 복수를 해야 한다. 그렇게 되면 도쿄 토박이도 저들과 다를 바 없는 게 되겠지만. 그래도 일 년씩이나 이렇게 당하고 있을 바에야 뭐라도 해서 매듭을 짓는 편이 낫다. 아무래도 빨리 도쿄로 돌아가 기요와 함께 사는 게 제일 좋겠다. 이런 촌구석에서 사는 것은 타락을 자처하는 것과 같다. 여기서 타락할 바에야 신문배달이라도 하는 게 낫지.

이런 생각을 하며 마지못해 따라가는데 선두 쪽이 갑자기 시끌벅적해지더니 그와 동시에 대열이 딱 멈춰 섰다. 무슨 일인가 싶어서 줄의 오른쪽으로 빠져나와 살펴보니, 오테마치에서 야쿠시마치로 접어드는 길모퉁이에서 앞이 막혀 밀치락달치락하고 있었다. 체육 선생이 앞에서부터 "조용히, 조용히" 하고 목이 쉬도록 외치며 오고 있기에 무슨 일인지 물었더니 길모퉁이에서 중학교와 사범학교가 충돌했다고 한다.

중학교와 사범학교는 어디 가나 견원지간처럼 사이가 나쁘다고 한다. 왜 그러는지 정확하게는 모르겠지만 기질이 전혀 맞지 않아 기회만 있으면 싸운단다. 좁은 동네에서 지내기가 지루하니까 시간이나 때우려고 하는 짓이겠지. 나도 싸움이라면 사족을 못 쓰는 사람이라 '충돌'이라는 말을 듣고 재미 삼아 그쪽으로 뛰어갔다. 앞줄에 선 녀석들은 "뭐야, 지방세나 축내는 주제에! 꺼져!" 하고 계속 고함을 지르고 있고, 뒤에서는 밀어버리라고 난리다. 학생들 사이를 겨우 빠져나와 길모퉁이로 나서려는데 "앞으로 갓!" 하는 크고 날카로운 호령이 들리더니 사범학교 학생들이 조용히 앞으로 나아가기 시작했다.

서로 먼저 가겠다고 다투더니 결국엔 타협이 된 모양이다. 중학교가 한발 양보한 것이다. 서열로 따지면 사범학교가 먼저라고 한다.

승전 기념식은 아주 간단했다. 여단장이 축사를 읽고 이어서 현의 지사가 축사를 읽었다. 그리고 참석자들이 만세 삼창을 했다. 그걸로 끝이었다. 뒤풀이는 오후에 있다고 해서 일단 하숙집으로 돌아가 계속 마음에 걸렸던 일을 하기로 했다. 기요에게 답장을 쓰는 것이다. 이번에는 좀 더 자세하게 써달라고 했기 때문에 될 수 있는 한 정성껏 써야 한다. 그런데 막상 편지를 쓰려고 종이를 꺼내자 쓸 말은 많은데 무슨 말부터 시작해야 할지 모르겠다. 이것부터 쓸까 하니 귀찮고, 저것부터 쓸까 하니 시시하다. 뭐든 술술 힘들이지 않고 쓰면서 기요가 재밌어 할 만한 이야기가 없을까 생각해봤지만 그럴 만한 사건은 하나도 없는 것 같다.

나는 먹을 갈고, 붓을 적시고, 편지지를 뚫어져라 쳐다보다가, 다시 편지지를 노려보고, 붓을 적시고, 먹을 갈고…… 같은 짓을 몇 번이나 반복하다가 이래서는 도저히 편지를 쓸 수 없다고 포기하고 벼루의 뚜껑을 닫아버렸다. 편지 쓰기 같은 건 정말 귀찮다. 역시 도쿄로 가서 얼굴을 보고 이야기하는 게 편하고 좋다. 기요가 걱정하는 바를 모르는 것도 아니지만 기요가 말한 대로 자세하고 긴 편지를 쓰는 일은 삼칠일(21일) 동안 단식을 하는 것보다 괴롭다.

나는 붓과 편지를 내팽개치고 벌러덩 드러누워 팔베개를 하고 마당을 쳐다보았다. 그런데 역시 기요의 일이 마음에 걸렸다. 그때 나는 이렇게 생각했다.

'이렇게 먼 데까지 와서 기요를 걱정하는데 내 진심이 기요에게 전해지지 않을 리가 없다. 기요가 내 마음을 안다면 굳이 편지 같은 걸 쓸 필요가 없지. 무소식이 희소식이라고 편지가 안 오면 안 오는 대로 잘 지낸다고 생각할 거야. 편지는 사람이 죽거나 병에 걸렸을 때, 무슨 일이 생겼을 때나 하는 거지.'

하숙집의 마당은 열 평 남짓한 평평한 땅으로 변변한 나무 한 그루 없다. 다만 귤나무가 한 그루 있는데 담장 밖에서 보일 정도로 꽤 크다. 나는 집에 돌아오면 항상 이 귤나무를 감상한다. 도쿄를 벗어난 적 없는 사람에게 귤이 열려 있는 걸 보는 건 꽤 신기한 일이다. 저 파란 열매가 점점 노랗게 익어가겠지. 그때는 정말 아름다울 것이다. 지금도 드문드문 반쯤 노랗게 익은 열매가 보인다. 하숙집 할머니에게 물어보니 저 귤은 물이 꽉 차 맛있다고 한다. 귤이 익거든 실컷 먹으라고 했으니 하루도 빠짐없이 야금야금 먹어줄 테다. 한 3주 더 기다리면 충분히 먹을 수 있을 것이다. 설마 3주 사이에 여기를 떠나게 되진 않겠지.

내가 귤을 먹을 생각에 부풀어 있는데 뜻밖에 고슴도치가 찾아왔다. "승전 기념일이라 자네랑 같이 먹으려고 소고기를 좀 사왔네" 하면서 소맷자락에서 대껍질로 싼 꾸러미를 꺼내더니 방 한가운데로 툭 던졌다. 나는 하숙집에서 나오는 고구마와 두부 나부랭이에 질릴 대로 질린 데다 메밀국수 집과 경단집에도 가지 못하는 처지라 "그거, 좋은 생각이야" 하고 바로 할머니에게 냄비와 설탕을 빌려와 물을 끓이기 시작했다. 고슴도치는 볼이 미어지도록 소고기를 밀어 넣으며 물었다.

"이봐, 빨간 셔츠에게 단골 기생이 있는 것 아나?"

"알고말고. 지난번 송별회에 온 기생 중 하나가 아닌가?"

"맞아, 난 얼마 전에 겨우 눈치 챘는데 자네는 눈치가 꽤 빠르군."

고슴도치가 칭찬을 했다.

"그 작자, 입만 열면 품성이 어쩌구 정신적인 오락이 어쩌구 하면서 뒤에서는 기생이랑 희희낙락거리는 게 아주 괘씸한 놈이야. 그렇다고 다른 사람이 노는 데 너그러운 것도 아니고. 자네가 메밀국수랑 경단을 먹으러 가는 것도 아이들의 기강을 해친다고 교장을 통해 주의를 준 것 아닌가?"

"그래, 그 작자에게 기생을 데리고 노는 건 정신적인 오락이고, 메밀국수와 경단을 먹으러 다니는 건 물질적인 오락이겠지. 그런 게 정신적 오락이라면 누가 뭐라든 당당하게 할 일이지, 그 꼬락서니가 뭔가? 단골 기생이 들어오니까 자기는 자리에서 일어나 줄행랑을 치다니. 끝까지 사람을 속이려 드니까 더 얄미워. 그러면서 누가 한마디 하면 나는 잘 모르겠다는 둥 러시아문학이라는 둥 하이쿠와 신체시는 의형제나 마찬가지라는 둥 하면서 사람을 현혹시킨다니까. 그런 겁쟁이는 남자가 아니야. 모함에 능한 궁중 여인이 사내로 다시 태어난 거지. 어쩌면 그 작자의 아버지는 유시마의 가게마(남색을 업으로 하는 소년을 일컬음)일지도 몰라."

"유시마의 가게마가 뭔가."

"뭘 해도 남자답지 않다는 거지. 그거 아직 안 익었어. 그런 걸 먹으면 기생충이 생긴단 말이야."

"그래? 아마 괜찮을 거야. 그건 그렇고 빨간 셔츠가 사람 눈을 피해 온천 마을의 '가도야'에서 기생을 만난다고 하네."

"가도야라면 그 여관 말인가?"

"여관 겸 요릿집 있잖아. 그러니까 그자를 꼼짝 못하게 하려면 기생을 데리고 들어가는 걸 지켜보고 있다가 현장을 덮치는 게 제일이야."

"지켜본다니, 밤새 망이라도 보게?"

"응, 가도야 앞에 '마스야'라는 여관이 있지? 입구 쪽 2층 방을 빌려서 문에 구멍을 뚫고 망을 보는 거야."

"지켜보는 동안에 올까?"

"오겠지. 어차피 하룻밤 갖곤 안 돼. 2주 정도는 각오해야지."

"꽤 피곤하겠는걸. 나 말이야, 아버지가 돌아가시기 전에 일주일 정도 밤을 새워 간병한 적이 있는데 나중에는 맥이 풀려서 몸이 아프더라고."

"몸 좀 피곤하면 어때. 이 나라를 위해서도 저런 간사한 자를 그냥 둘 수가 없다고. 내가 하늘을 대신해서 벌을 줄 생각이야."

"재밌겠군. 그렇다면 나도 힘을 보태겠네. 오늘부터 시작할 건가?"

"아직 마스야에 얘기를 안 했으니 오늘은 안 되지."

"그러면 언제부터 할 거야?"

"한시라도 빨리. 곧 일러줄 테니 그때 합류하게!"

"좋아, 언제든 거들지. 나는 계략에는 약해도 싸울 땐 날렵하다구."

나와 고슴도치가 한창 빨간 셔츠 타도 작전을 짜고 있는데 하숙집 할머니가 들어왔다.

"학생 하나가 홋타 선상님을 뵙고 싶다고 왔어라. 선상님 집에 갔더니 안 계셔서 여기까지 찾아왔다는구만요."

할머니가 문지방 앞에 꿇어앉아 답을 기다리고 있다. 고슴도치는 그 말을 듣고 현관까지 나갔다 오더니 "이보게, 학생 하나가 승전 축제의 뒤풀이를 보러 가자고 왔다네. 오늘 무슨 춤을 보여주러 고치에서 많은 사람들이 왔다고 하니 아주 볼 만하겠어. 아무 데서나 볼 수 있는 춤이 아니라고 하니까 같이 보러 가자구" 하고 잔뜩 들떠서 말했다. 춤이라면 도쿄에서도 물리도록 봤다. 매년 에도시대 3대 축제 중 하나인 하치만 축제에서는 이동 마차가 돌아다니며 공연을 하기 때문에 춤이라면 시오쿠미(유명한 가부키 무용 중 하나)든 뭐든 잘 알고 있다. 고치의 바보 같은 춤은 봐서 뭐하나 싶었지만 모처럼 고승도치가 가자고 하는데 거절할 수 없어서 따라나섰다. 고승도치를 데리러 온 사람은 다름 아닌 빨간 셔츠의 동생이었다. 별난 녀석이다.

뒤풀이 장소에 들어서니 씨름 경기나 법화종의 대법회라도 열리는 것처럼 아주 긴 깃발이 곳곳에 꽂혀 있고, 전 세계의 국기를 모조리 빌려온 듯 국기를 줄줄이 이어놓아 드넓은 하늘이 전에 없이 다채로워 보였다. 동쪽 구석에는 하룻밤 사이에 만든 무대가 설치되어 있었는데 이곳에서 고치의 무슨 춤을 공연한다고 한다. 무대에서 오른쪽으로 좀 더 가면 갈대 발로 울타리를 쳐놓고 꽃꽂이를 진열해둔 곳이 있다. 다들 감탄하고 있는 것 같은데 내 눈에는 영 시시하다. 저렇게 풀과 대나무를 휘어놓고 좋아할 바에야 곱사등이 샛서방이나 절름발이 남편을 자랑하는 게 낫겠다.

무대 반대편에서는 아까부터 불꽃놀이가 한창이다. 불꽃 사이에는 풍선도 떠다녔는데, 거기에는 '제국 만세'라고 쓰여 있었다. 풍선은 두리둥실 하늘 위를 날다가 병영 안으로 떨어졌다. 다음은 펑 하는 소리와 함께 검은 박이 슝 하고 가을 하늘을 뚫을 듯 솟아오르더니 내 머리 위에서 쩍 하고 갈라지면서 푸른 연기가 우산살처럼 퍼지다 공중에서 흩어졌다. 풍선이 또 떠올랐다. 이번엔 붉은 바탕에 흰 글씨로 '육해군 만세'라고 쓰인 것으로 바람을 타고 온천 마을에서 아이오이 마을로 날아갔다. 아마 관음상이 있는 곳에 떨어질 것 같다.

기념식은 그렇게까지 붐비진 않았는데 뒤풀이에는 대단한 인파가 몰려들었다. 이 촌구석에도 이렇게 많은 사람들이 살고 있다니 믿을 수 없을 정도로 바글바글하다. 똑똑해 보이는 사람은 없어도 숫자로 따지면 만만하게 볼 수가 없다. 그러는 동안 그 소문이 자자한 고치의 춤이 시작되었다. 춤이라고 하니까 후지마(일본 5대 무용 중 하나)인가 뭔가를 하려나 보다 하고 짐작했는데 그건 엄청난 착각이었다.

엄숙하게 머리띠를 뒤로 묶고 닷쓰케하카마(승마바지처럼 종아리 부분이 좁은 통으로 되어 있는 하카마)를 입은 남자들이 열 명씩 세 줄로 서서 긴 칼을 차고 있는 모습에 적잖이 놀랐다. 앞줄과 뒷줄의 간격은 겨우 45센티미터 정도밖에 안 된다. 좌우 간격은 그보다 좁으면 좁았지 더 넓지는 않다. 단 한 사람만 줄에서 벗어나 무대 끝에 서 있다. 이 남자는 하카마만 입은 채 칼 대신 가슴에 북을 걸고 있다. 북은 다이카구라(에도시대의 사자춤, 접시돌리기 등의 곡예)에서 쓰는 것과 같은 것이었다. 이 남자가 마침내 "이야아 하아아" 하고 태평한 목소리를 내더니 이상한 노래를 부르며 북을 두둥두둥 친다. 이제껏 한 번도 들어본 적 없는 이상한 가락의 노래다.

노래는 꽤 느긋하고 여름철의 물엿처럼 흐느적거리지만 구절 사이에 두둥두둥 북을 치니까 끝없이 이어지는 것 같아도 장단이 맞는다. 이 장단에 맞춰 서른 명의 칼날이 번쩍번쩍하는데 그 손놀림이 어찌나 재빠른지 보는 것만으로도 조마조마하다. 옆과 뒤로 겨우 45센티미터 간격으로 사람이 서 있는 데다 그 사람들이 또 자기처럼 날카로운 칼날을 휘두르고 있기 때문에 웬만큼 호흡이 맞지 않으면 상처를 입게 된다. 게다가 움직이지 않는 상태에서 칼만 앞뒤 양옆으로 휘두르는 거라면 덜 위험하겠는데 서른 명이 동시에 제자리걸음을 하며 고개를 돌릴 때가 있다. 한 바퀴 돌기도 하고, 무릎을 굽히기도 한다. 옆 사람이 1초라도 빠르거나 느리면 자신의 코가 떨어져나갈지도 모른다. 또 옆 사람의 머리통이 날아갈지도 모른다. 좁은 범위 안에서 칼을 자유자재로 놀리면서도 전후좌우의 사람과 같은 방향과 속도로 일사불란하게 움직이지 않으면 안 된다. 이것 참 놀라운 솜씨다. 시오쿠미나 세키노토 같은 춤에 견줄 바가 못 된다.

듣자 하니 이 춤은 상당한 훈련이 요구되는 것으로 설렁설렁하게 준비해서는 이렇게 장단이 맞을 수가 없다고 한다. 특히 어려운 게 그 북 치는 선생이란다. 서른 명의 발동작, 손놀림, 허리의 굽히는 정도가 전부 이 둥둥 선생의 박자에 따라 정해지기 때문이다. 언뜻 보기에는 이 북치는 대장이 "이야아 하아아" 하고 태평하게 노래 부르는 것처럼 보이는데 실제로는 가장 막중한 책임을 지고 있다니, 참 신기한 일이다.

나와 고슴도치가 감탄하며 구경을 하고 있는데 한 50미터쯤 떨어진 곳에서 갑자기 와 하는 함성이 일어났다. 지금까지 얌전하게 구경하던 사람들이 별안간 들썩거리더니 좌우로 움직이기 시작했다. "싸움 났다, 싸움 났어" 하는 소리가 들리는가 싶더니 사람들 속을 헤치고 온 빨간 셔츠의 동생이 "선생님" 하고 부른다.

"또 싸움이 일어났어요. 우리 학교 애들이 오늘 아침 일을 갚아주겠다고 사범 쪽 애들과 붙었어요. 빨리 와보세요"

빨간 셔츠의 동생은 말을 마치기가 무섭게 다시 인파 속으로 사라졌다.

고슴도치는 "성가신 놈들, 또 시작이군. 적당히 좀 하지" 하고 빠져나가는 사람들을 피해 쏜살같이 달려갔다. 보고 있을 수만은 없으니 말리려는 거겠지. 물론 도망갈 생각이 없는 나도 고슴도치를 따라 바로 현장으로 달려갔다. 도착해보니 이미 싸움이 한창이다. 사범학교 쪽은 오륙십 명이나 될까, 확실히 우리 쪽이 3할 정도 많다. 사범학교는 교복을 입고 있고 중학교는 식이 끝나고 대부분 옷을 갈아입고 나왔기 때문에 적군과 아군을 구별하기가 쉬웠다. 다만 서로가 뒤엉켜 치고받고 싸우는 바람에 어디부터 어떻게 손을 써서 말려야 할지 모르는 상황이었다.

고슴도치는 곤란한 표정으로 잠시 이 어수선한 광경을 쳐다보다가 나를 보더니 "이거 곤란하게 됐군. 이러다 순경이라도 오면 일이 복잡해져. 들어가 말리자구" 하고 말했다. 나는 알았다는 대답도 생략하고 가장 싸움이 격렬해 보이는 곳에 무작정 뛰어들었다.

"그만, 그만! 그렇게 앞뒤 안 가리고 날뛰면 학교 체면이 안 서지.

그만해!”

나는 있는 힘껏 소리를 지르며 적군과 아군의 경계선으로 보이는 곳을 돌파했지만 좀처럼 뜻대로 되지를 않는다. 3, 4미터쯤 밀고 들어갔더니 빼도 박도 못 하게 되었다. 눈앞에서 비교적 덩치가 큰 사범생이 열대여섯 명쯤 되는 우리 학교 학생과 맞붙어 싸우고 있다. “그만하라고 했잖아” 하고 사범생의 어깨를 잡고 억지로 떼어놓으려는데 누군가가 밑에서 내 다리를 들어올렸다. 나는 기습 공격에 맥을 못 추고 옆으로 쓰러져버렸고 그 틈을 이용해 딱딱한 구두를 신은 어떤 놈 하나가 내 등에 올라탔다. 내가 양손과 무릎을 짚고 그 힘으로 벌떡 일어나자 올라탄 놈이 오른쪽으로 굴러 떨어졌다. 일어나 보니 5미터쯤 떨어진 곳에 고슴도치가 학생들 틈에 끼여 “그만! 그만! 이제 싸움은 그만 좀 해” 하고 소리치는 게 보였다. “어이, 도저히 안 되겠어” 하고 소리쳐봤지만 안 들리는지 대답이 없다.

그때 피융 하고 바람을 가르며 날아온 돌 하나가 내 광대뼈를 치고 지나가는가 싶더니, 그와 동시에 등 뒤에서 각목이 날아왔다. “어디 선생이 싸움에 끼어들어! 때려주자” 하는 소리가 들렸다. “선생이 둘이야. 큰 놈 하나, 작은 놈 하나. 돌을 던져” 하는 소리도 들렸다. 나는 “어디 건방진 소릴 지껄여? 시골 촌놈 주제에” 하고 느닷없이 옆에 있던 사범생의 머리를 후려갈겼다. 또 돌이 날아왔다. 이번엔 내 머리를 스치고 뒤로 날아갔다. 어찌된 일인지 고슴도치가 안 보인다.

'이렇게 되면 어쩔 수 없지. 싸움 좀 말려보겠다고 끼어들었다가 각목으로 얻어맞질 않나, 돌에 맞질 않나. 이런 험한 꼴을 당하고도 무섭다고 물러설 맹충이가 어딨냔 말이다. 사람을 뭘로 보고. 내가 덩치는 작아도 본고장에서 싸움깨나 해본 형님이라고!'

닥치는 대로 두들겨 패고 맞고 하는 사이 "순경이다. 순경이 왔어, 도망쳐" 하는 소리가 들렸다. 진흙탕에 빠져 허우적거리는 것처럼 옴짝달싹 못 하던 몸이 갑자기 움직일 만하다 싶더니 적군 아군 할 것 없이 순식간에 흩어져버렸다. 촌놈들도 내뺄 때는 기가 막히다. 쿠로파트킨(러일 전쟁 때에 극동군 총사령관을 지낸 러시아의 장군)보다 뛰어날 정도다.

고슴도치는 어떻게 됐나 보았더니 홑겹 하오리가 갈기갈기 찢긴 채 코를 닦고 있다. 콧등을 얻어맞고 피를 철철 흘렸다고 한다. 코가 빨갛게 부어올라 보기 흉하다. 내 겹옷도 흙투성이가 돼 꼴이 말이 아니지만 고슴도치가 당한 만큼은 아니다. 그런데 뺨이 너무 얼얼하다. 피가 난다고 고슴도치가 알려주었다.

열댓 명쯤 되는 순경들이 달려왔지만 학생들은 전부 반대 방향으로 도망가 버렸기 때문에 붙잡힌 건 나와 고슴도치뿐이다. 우리는 각자의 이름을 대고 자초지종을 설명했지만 아무튼 경찰서까지 가야 한다기에 서장 앞에 가서 사건의 경위를 진술하고 하숙집으로 돌아왔다.

11

이튿날 눈을 떠보니 온몸 여기저기가 쑤셔서 견딜 수가 없다. 요새 싸움을 안 했더니 몸이 더 아픈 것 같다. 이래서야 어디 가서 싸움 잘한다는 말도 못 하겠다고 생각하며 이부자리에 누워 있는데, 할머니가 '시코쿠 신문'을 머리맡에 놓고 갔다.

실은 신문을 들춰보는 것도 힘들었지만 남자가 이 정도 일로 녹초가 돼서야 쓰겠나 싶어 겨우겨우 엎드려 신문을 두 장째 넘기다가 기겁했다. 어제의 일이 대문짝만 하게 기사화된 것이다. 싸움이 신문에 실린 것은 놀랍지 않은데 그 내용이 기가 막히다. 중학교 교사 홋타 모 씨와 최근 도쿄에서 부임한 건방진 모 씨가 선량한 학생들을 사주하여 이 소동을 일으켰을 뿐만 아니라, 현장에서 학생들을 지휘하고 사범생에게 함부로 폭력을 휘둘렀다고 전한 뒤 이런 의견을 덧붙여 놓았다.

우리 고장의 중학교는 예부터 온순하고 선량한 기풍으로 전국의 선망을 받고 있는데, 풋내기 두 교사가 경박한 행동으로 우리 학교의 명예를 훼손시키고 시 전체에 불명예를 안긴 이상 우리는 분연히 일어나 그 책임을 묻지 않을 수가 없다. 우리는 믿는다. 우리가 나서서 손을 쓰기 전에 학교 당국이 이 무뢰한들에게 적절한 처분을 내리고 그들이 다시 교육계에 발을 들이지 못하도록 할 것임을.

그리고 글자 한 자 한 자마다 전부 곁점을 찍어 따끔한 맛을 보여주겠다는 의도를 보였다. 나는 이불 속에서 "똥이나 처먹어라!" 하고 악담을 퍼부으며 벌떡 일어났다. 그러자 이상하게도 조금 전까지 안 쑤신 곳이 없던 몸이 자리를 박차고 일어남과 동시에 언제 그랬냐는 듯 가벼워졌다.

나는 신문을 둥글게 말아 마당으로 내동댕이쳐버리고도 기분이 풀리지가 않아 다시 신문을 주워들고 변소까지 가서 똥통에 처박아버렸다. 신문 따위는 말도 안 되는 거짓말이나 지어내는 것이다. 이 세상에서 신문만큼 허풍이 심한 것도 없다. 내가 할 말을 오히려 저쪽에서 전부 해대니까 기분이 나쁘다. 게다가 최근 도쿄에서 부임한 건방진 모 씨는 또 뭔가. 이 세상에 모 씨라는 이름을 가진 사람이 있단 말인가. 머리가 있으면 생각을 해야지. 이래 봬도 버젓한 성과 이름이 있는 사람이란 말이다. 족보가 궁금하다면 다다노 만주 이후의 선조를 한 분도 빠짐없이 대주겠다. 얼굴을 씻었더니 갑자기 뺨이 욱신거렸다. 할머니에게 거울을 빌려달라고 했더니 "오늘 아침 신문은 봤어라?" 하고 묻는다. "물론 봤지요. 다 읽고 똥통에 처박아버렸는데 읽고 싶으면 주워오세요"라고 했더니 놀라서 물러났다. 거울을 보니 어제처럼 얼굴에 상처가 있다. 그래도 나한테는 소중한 얼굴이다. 얼굴에 상처를 입고 '건방진 모 씨'라는 말까지 들었으니 당할 만큼 당했다.

신문 기사 하나 때문에 학교도 안 나왔다는 얘길 들으면 일생의 불명예로 남을 것 같아서 밥을 먹자마자 학교로 갔다. 가장 먼저 출근해 있었더니 오는 사람마다 내 얼굴을 보고 웃는다. '네놈들에게 당한 것도 아닌데 뭐가 이상해서 웃는 거냐?'

그러는 사이 알랑쇠가 나타났다.

"이야, 어제 세운 공으로 얻은 명예의 부상입니까?"

송별회에서 맞은 앙갚음이라도 하겠다는 듯 유독 더 비아냥거렸다.

"쓸데없는 소리 말고 저리 가서 붓이나 빨고 계시지!"

"이거 죄송하게 됐습니다. 그런데 얼마나 아프실까?"

알랑쇠는 여전히 방정을 떤다.

"아프든 말든 내 얼굴이야. 댁의 신세라도 질까봐서?"

소리를 버럭 질렀더니 알랑쇠는 꼬리를 내리고 자기 자리로 돌아갔다. 그러고도 내 얼굴에서 눈을 떼지 않고 옆자리 역사 선생님과 뭔가 속닥거리며 키득대고 있다.

이번엔 고슴도치가 들어왔다. 보랏빛 피멍이 든 코는 짜면 고름이 나올 것처럼 퉁퉁 부어 있었다. 고슴도치는 자만해서 그랬는지 나보다 훨씬 호되게 당했다. 나와 고슴도치의 책상은 나란히 붙어 있는 데다 교무실 출입문 바로 맞은편이라 운이 나빴다. 교무실에 들어서자마자 이상한 얼굴 둘이 나란히 앉아 있는 꼴이라니. 다른 사람들은 지루해질 만하면 이쪽을 쳐다보곤 한다. 모두들 입으로는 "어떻게 이런 말도 안 되는 일이……"라고 하면서 속으로는 '이 멍청한 놈들' 하고 비웃고 있을 거다. 그러지 않고서야 저렇게 수군거리며 킬킬댈 리가 없다. 수업에 들어갔더니 학생들이 박수를 치며 환호했다. "선생님, 만세!" 하고 외치는 놈도 두서넛 있다. 신이 나서 그런 건지 바보 취급을 하는 건지 알 수가 없다. 나와 고슴도치가 이렇게 관심의 대상이 된 가운데, 빨간 셔츠는 평소처럼 옆으로 오더니 "이런 변고가 다 있다니" 하며 미안하다는 듯 말했다.

"자네들 처지가 참으로 딱하게 되었네. 신문 기사는 교장 선생님과 상의해서 정정해달라는 편지를 부쳤으니 걱정 말게. 하필이면 내 동생이 홋타 선생에게 같이 가자고 하는 바람에 이런 일이 일어났으니 정말 면목이 없어. 이번 일에 대해서는 어떻게든 최선을 다해 해결할 생각이니 부디 양해해주길 바라네."

교장은 3교시가 지나서야 교장실에서 나와 "신문에서 곤란한 기사를 내보냈습니다. 일이 더 복잡해지지 않으면 좋겠지만……" 하고 조금 걱정스러운 기색을 내비쳤다. 나는 걱정 같은 건 하지 않는다. 나를 면직시킬 생각이라면 그전에 사표를 내면 그만이다. 하지만 잘못도 하지 않았는데 스스로 물러나는 것은 허풍쟁이 신문사를 더 기고만장하게 만들 뿐이므로, 신문사에 정정 보도를 요구하고 오기로라도 근무하는 게 순리라는 생각이 들었다. 집에 가는 길에 신문사에 들러 담판을 지을까도 생각해봤지만 학교에서 편지를 보냈다고 해서 그만뒀다.

나와 고슴도치는 우선 적당한 기회를 봐서 교장과 교감에게 그날 벌어진 일을 있는 그대로 설명했다. 교장과 교감은 "그렇지" 하고 맞장구를 치며 신문사가 학교에 앙심을 품고 일부러 그런 기사를 내보낸 것이라 판단했다. 빨간 셔츠는 교무실의 선생님 한 사람 한 사람을 찾아다니며 우리가 한 일을 변호했다. 특히 자신의 동생이 고슴도치에게 같이 가자고 한 것이 마치 자신의 잘못이라도 되는 듯 떠들고 다녔다. 다들 "신문사가 너무했어요. 괘씸하네요. 두 분이 운이 나빴던 겁니다" 하고 말했다.

퇴근하는 길에 고슴도치가 주의를 주었다.

"빨간 셔츠는 구린 놈이야. 조심하지 않으면 당할 수 있어."

"원래 그런 놈이잖아. 오늘 갑자기 변한 것도 아니고."

"자넨 아직 모르겠나? 어제 일부러 우릴 불러내서 싸움에 휘말리게 한 거 아닌가. 다 그놈의 계략이야."

미처 거기까지는 생각을 못 했다. 고슴도치가 행동은 좀 거칠어도 나보다 머리는 잘 돌아간다고 내심 감탄했다.

"싸움을 시켜놓고 곧바로 신문사에 손을 써서 그런 기사를 쓰게 한 거라구. 정말 간사한 인간이야."

"신문 기사까지? 정말 대단하군. 그런데 신문사에서 빨간 셔츠가 하는 말을 곧이곧대로 들을까?"

"듣고말고. 신문사에 친구가 있다면 문제없지."

"친구가 있어?"

"없으면 또 어떤가. 사실 이렇게 된 거다 하고 거짓말로 꾸며서 말해주면 그대로 쓰는 거지."

"정말 해도 너무하군. 정말 빨간 셔츠의 계략이라면 우리는 이 사건으로 해고당할 수도 있어."

"일이 잘못되면 그럴 수도 있지."

"그러면 난 내일 당장 사표 내고 도쿄로 돌아가겠네. 이런 저속한 곳에서 제발 있으라고 사정해도 있고 싶지 않아!"

"자네가 사표를 내봤자 빨간 셔츠는 난처할 게 없네."

"그것도 그렇군. 어떻게 하면 난처해질까?"

"저렇게 교활한 놈은 뭘 해도 증거가 남지 않도록 머리를 쓰니까 반격하기가 어렵단 말이야."

"이거 골치 아프군. 다 뒤집어쓰게 생겼어. 이러니 천도시비(天道是非, 하늘의 이치가 옳은지 그른지 헷갈린다)를 말하는 게 아닌가."

"이왕 이렇게 된 거 한 이삼일 상황을 지켜보자고. 여차하면 온천 마을에서 현장을 덮치는 수밖에."

"이번 사건은 일단 두고 보자는 건가?"

"그렇지. 우리는 우리대로 그 작자의 급소를 노리는 거지."

"그거 좋군. 난 책략엔 약하니 만사 잘 부탁하네. 필요하면 물불 안 가리고 뭐든 할 테니."

나와 고슴도치는 이렇게 이야기하고 헤어졌다. 빨간 셔츠가 정말 고슴도치가 추측한 대로 뒤에서 모든 일을 꾸민 거라면 실로 지독한 놈이 아닐 수 없다. 도저히 머리로는 이길 수 없는 자다. 아무래도 완력을 사용하지 않고는 안 되겠다. 과연 이 세상에 전쟁이 끊이지 않는 것도 이해가 된다. 개인적인 일에도 결국에는 완력이 필요하다.

이튿날 신문이 오는 걸 목이 빠져라 기다렸다가 펼쳐 들었는데, 눈을 씻고 쳐다봐도 정정 보도는커녕 취소 기사 한 줄 없다. 학교에 가서 너구리에게 어찌된 일이냐고 따져 물었더니 내일쯤 날 거라고 한다. 다음 날 6호 활자(가장 작은 글씨)로 취소 기사가 실렸다. 그러나 신문사에선 여전히 정정 보도 따위는 하지 않았다. 다시 교장에게 따졌더니 더 이상은 손쓸 수 없다는 대답이다. 너구리 같은 얼굴로 교장이랍시고 프록코트 입고 잘난 척이지만 의외로 힘이 없다. 허위 기사를 쓴 시골 신문사의 사과 하나 못 받아내다니. 너무 화가 나서 "그러면 저 혼자라도 가서 주필과 담판을 짓겠습니다" 했더니 "안 돼. 그래봤자 다시 비방 기사만 날 거야" 하고 만류했다. 신문사에서 쓴 기사는 거짓이든 진실이든 어찌해볼 도리가 없다는 것이다. 너구리는 마지막으로 "그냥 포기하는 수밖에 없네" 하고 주지스님의 설교 같은 훈계를 덧붙였다. 신문이란 게 그런 거라면 하루라도 빨리 없애버리는 게 이로울 것이다. 신문에 나는 게 자라에게 물리는 거나 마찬가지라는 걸 너구리의 설명을 듣고 비로소 깨달았다.

그로부터 사흘쯤 지난 어느 날 오후, 고슴도치가 결연한 모습으로 찾아왔다.

"드디어 때가 왔어. 나는 그때 말했던 계획을 실행에 옮길 생각이야."

"그래? 그러면 나도 같이하겠네."

나는 그 자리에서 바로 합류하겠다는 뜻을 밝혔다. 그런데 고슴도치가 "자네는 빠지는 게 좋겠네" 하고 고개를 젓는 게 아닌가.

"무슨 일인가?"

"교장이 자네에게도 사표를 내라고 하던가?"

"아니, 그런 적 없네. 혹시 자네에게……?"

"오늘 교장실에서 들었네. 일이 그렇게 된 것은 딱하지만 사정이 부득이하니 결정을 내려줬으면 한다고."

"무슨 그런 결정이 다 있나! 너구리가 배를 너무 두드려서 위가 뒤집혔군. 자네와 나는 같이 기념식 행사에 가서, 같이 번쩍번쩍하는 고치의 춤을 구경하고, 또 같이 싸움을 말리지 않았는가? 사표를 내라고 할 거면 둘에게 똑같이 사표를 내라고 해야지. 이놈의 시골 학교는 왜 그런 당연한 논리를 모르는 거지? 갑갑하군."

"그게 다 빨간 셔츠가 꾸민 짓 아니겠나. 지금까지의 일을 생각하면 빨간 셔츠와 나는 물과 기름 같은 관계라 도저히 같이 지낼 수가 없지만, 자네는 그냥 놔둬도 해가 되지 않는다고 생각한 거지."

"나라고 빨간 셔츠랑 같이 지낼 수 있겠나? 해가 되지 않는다니 그건 또 무슨 건방진 소리야!"

"자네야 지극히 단순한 사람이라 어떻게든 속여먹을 수 있다는 거지."

"더 고약하군. 누가 속아준다던가!"

"게다가 고가 선생이 떠나고 나서 사람이 없잖은가. 후임이 사고로 오지 못했는데 거기에 우리 둘 다 한꺼번에 내쫓아버리면 수업에 지장이 있으니까."

"뭐야, 그럼 나를 시간 때우기용으로 부려먹겠다는 거 아냐. 이런 젠장! 누가 그런 빤한 수에 넘어갈 줄 알고!"

다음 날 나는 학교에 가자마자 담판을 지으러 교장실로 들어갔다.

"왜 저에게는 사표를 내란 말씀을 안 하십니까?"

"뭐라고?"

너구리는 기가 막히다는 표정을 지었다.

"홋타 선생에게는 내라고 하고, 저에겐 내지 말라고 하는 이유라도 있습니까?"

"그건 학교 측의 사정으로……."

"그 사정이란 게 잘못됐습니다. 제가 사표를 낼 필요가 없다면 홋타 선생 역시 그럴 필요가 없는 것 아닙니까?"

"그건 말이네, 설명하기가 좀 어려운데……. 홋타 선생이 떠나는 거야 어쩔 수 없는 일이지만, 자네까지 사표를 낼 필요가 있다고는 보지 않기 때문에……."

과연 너구리답다. 종잡을 수 없는 말을 늘어놓으면서도 아주 침착하다. 어쩔 수가 없어 나는 이렇게 말했다.

"그러면 저도 사표를 내겠습니다. 홋타 선생 혼자 그만두게 하고 저 혼자 태연하게 남아 있을 수 있다고 생각하실지 모르겠지만, 저 그렇게 매정한 짓은 못합니다."

"그건 좀 곤란하네. 홋타 선생이 떠나고 자네마저 가버리면 수학 수업은 누가 하나? 그러니까……."

"수업이 어떻게 되든 제 알 바 아닙니다."

"그렇게 막 나가서야 쓰나. 학교 사정도 조금은 헤아려줘야지. 게다가 일한 지 한 달이 채 될까 말까 한 사람이 사표를 썼다간 앞으로 선생의 경력에도 문제가 생길 수 있으니 그런 점도 좀 생각해보는 게 좋을걸세."

"경력이 무슨 상관입니까? 경력보다는 의리가 중요합니다."

"그야 그렇지만……. 선생의 말도 일리가 있지만 내가 하는 말도 좀 들어보시게. 정 그렇게 사표를 내야겠다면 더는 말리지 않겠지만, 후임자가 올 때까지만 참아주지 않겠나. 여하튼 집에 가서 한 번 더 생각해주게."

집에 가서 다시 생각해볼 것도 없이 내 의지는 확고하지만, 너구리의 얼굴이 새파랗게 질렸다가 또 새빨갛게 달아올랐다가 하는 모습이 좀 불쌍해 보여서 일단 다시 생각해보기로 하고 물러났다. 빨간 셔츠에게는 아무 말도 하지 않았다. 어차피 혼쭐을 낼 거라면 확실해질 때까지 기다렸다가 크게 한 방 먹이는 게 낫다.

고슴도치에게 너구리와 한 얘기를 전했더니 "그럴 줄 알았어. 사표는 여차하면 그때 써도 늦지 않아"라고 해서 그렇게 하기로 했다. 아무래도 고슴도치가 나보다는 영리하니까 고슴도치의 말을 따르는 게 좋겠다고 생각한 것이다.

고슴도치는 결국 사표를 내고 선생님들과 작별인사를 나눈 다음

항구까지 내려갔다가 사람들 눈을 피해 온천 마을의 마스야 여관 2층에 숨어들었다. 그러고는 장지문에 구멍을 뚫고 염탐을 하기 시작했다. 이 사실을 아는 건 나뿐이다. 빨간 셔츠가 남몰래 드나드는 시각은 어차피 밤이 될 것이다. 초저녁에는 학생이나 사람들 눈이 있으니 최소한 아홉 시는 넘어야 출입을 할 것이다.

처음 이틀 밤은 나도 11시까지 망을 보았는데 빨간 셔츠는 코빼기도 안 보였다. 사흘째 밤에는 9시부터 10시 30분까지 기다렸지만 역시나 허사였다. 허탕을 치고 한밤중에 하숙집으로 돌아오는 것만큼 한심한 일도 없다. 그렇게 사오일이 지나자 하숙집 할머니가 걱정을 하기 시작했다. "색시도 있는데 밤에 외출하는 건 그만하는 것이 좋지 않겠어라?" 하고 타일렀다. "제가 지금 밤에 돌아다니는 건 할머니가 생각하는 그런 게 아니라구요. 하늘을 대신해 죄인을 벌하려는 겁니다" 하고 큰소리를 쳤지만, 일주일이 지나도 아무 성과가 없자 싫증이 났다.

나는 성질이 급해서 열심히 할 때는 밤을 새서라도 끝내지만 뭐든 진득하게 하는 법이 없다. 아무리 하늘을 대신해 벌을 주는 일이라 해도 싫증이 나는 건 어쩔 수가 없다. 엿새째에는 슬슬 지겨워지는가 싶더니 이레째에는 이제 좀 쉬어도 되지 않나 하는 꾀가 났다. 그런데 막상 여관에 가보면 고슴도치는 꿈쩍도 않고 있다. 초저녁부터 자정이 넘어가는 시간까지 장지문에 눈을 붙이고는 가도야의 둥근 가스등 밑을 누가 지나가지는 않는지 꼼짝도 않고 지켜본다. 내가 가면 오늘은 손님이 몇 명 있었는데 그중 묵는 사람이 몇 명이고 여자가 몇 명이었는지까지 알려주는 바람에 깜짝 놀랐다.

"아무래도 안 올 것 같지 않아?" 하고 물었더니 "틀림없이 오기는 올 텐데……" 하면서 때때로 팔짱을 끼고 한숨을 쉬었다. 청승맞기는. 만일 빨간 셔츠가 여기에 한 번도 출입을 하지 않으면 고슴도치는 천벌을 내릴 기회를 놓치게 되는 것이다.

여드레째 되는 날에는 7시부터 하숙집을 나와 온천을 하고 마을에서 달걀 여덟 개를 샀다. 하숙집 할머니의 고구마 공세에 대비하기 위해서였다. 달걀을 네 개씩 양쪽 소매에 넣은 뒤, 빨간 수건을 어깨에 걸치고, 팔짱을 낀 채 마스야의 계단을 올라갔다. 고슴도치가 묵고 있는 방으로 들어갔더니 "이봐, 희망이 보여" 하면서 고슴도치가 간만에 활짝 웃었다. 어젯밤까지는 좀 울적해 보이는 탓에 곁에서 지켜보는 나조차 우울할 정도였는데, 밝은 얼굴을 보니 나도 기분이 좋아져서 아직 아무 말도 하지 않았는데도 "좋아, 좋아" 하고 말했다.

"오늘 밤 7시 반경 그 스즈라는 기생이 가도야로 들어갔다네."

"빨간 셔츠랑 같이?"

"아니."

"그럼 안 되지."

"기생만 두 사람이었지만……. 아무래도 예감이 좋아."

"어째서?"

"어째서라니, 교활한 놈이라 기생을 먼저 들여보내 놓고 자기는 나중에 올지도 모르는 노릇 아닌가."

"그렇겠군. 벌써 9시쯤 됐겠지?"

"지금 9시 12분이야."

고슴도치는 허리띠에서 니켈 시계를 꺼내 보고는 말했다.

"이봐, 등을 꺼. 장지문에 빡빡머리 둘이 비치면 수상하게 생각할지도 몰라. 여우 같이 교활한 놈이라 의심이 많거든."

나는 옻칠한 책상 위에 놓여 있던 등을 후 불어 껐다. 별빛이 비쳐 창문 쪽만 조금 밝았다. 달은 아직 뜨지 않았다. 나와 고슴도치는 장지문에 얼굴을 바짝 붙이고는 숨을 죽이고 있었다. 괘종시계가 뎅 하고 울리며 9시 반을 알렸다.

"이봐, 올 것 같아? 오늘도 안 오면 더는 싫은데……."

"나는 돈이 바닥날 때까지는 계속할 거야."

"돈이 얼마나 있는데?"

"오늘까지 여드레 동안 5엔 60전 들었어. 언제라도 박차고 나갈 수 있게 그날그날 계산하고 있지."

"준비성 한번 좋군. 여관에서 놀라겠어."

"여관이야 무슨 상관이겠는가. 돈만 주면 그만이지. 다만 긴장을 늦출 수가 없으니 그게 힘들어."

"대신 낮잠을 자두지 않는가?"

"낮잠이야 자지만, 외출을 할 수 없으니 갑갑해 죽겠어."

"천벌을 내리기도 쉽지가 않군. 그나저나 하늘의 그물이 성겨서('하늘의 그물은 성긴 듯하나 결코 죄인을 놓치는 법이 없다'는 노자의 말을 인용) 죄인을 놓쳐버리거나 하면 재미없어지는데……."

"오늘 밤에는 꼭 올 거야. 어이, 저기 봐. 보라구."

고슴도치가 갑자기 목소리를 낮추는 바람에 나도 모르게 가슴이 철렁했다. 검은 모자를 쓴 남자가 가도야의 가스등을 밑에서 올려다보고는 그대로 어두운 길로 사라졌다. 다른 사람이다. '이럴 수가' 하며 실망하고 있는데 괘종시계가 어김없이 10시를 알렸다. 오늘 밤도 헛수고로 끝날 모양이다.

주위는 상당히 조용해졌다. 유흥가에서 울려대는 북소리가 손에 잡힐 듯 가까이 들려온다. 산 너머에서 달이 불쑥 얼굴을 내민다. 길은 밝다. 그런데 갑자기 저 아래쪽에서 사람의 목소리가 들려온다. 창문 밖으로 얼굴을 내밀 순 없는 노릇이니 그 모습은 볼 수 없지만, 점점 다가오는 낌새가 느껴진다. 또각또각 나막신 소리가 난다. 눈을 바짝 대고 보니 어느덧 두 사람의 그림자가 보일 정도로 가까이 왔다.

"이제 괜찮을 겁니다. 방해꾼도 쫓아버렸고."

이건 틀림없이 알랑쇠의 목소리다.

"센 척이나 했지 머리를 쓸 줄 모르니 별수 있나."

이건 빨간 셔츠다.

"그자도 그 얼간이랑 닮았다니까요. 그 얼간이는 의리만 앞세우는 도련님이라 귀여운 구석이라도 있지요."

"월급을 올려주겠다는데 싫다 그러질 않나, 사표를 내겠다고 하질 않나, 아무래도 정신이 좀 이상한 것 같아."

나는 창문을 열고 2층에서 뛰어내려 실컷 패주고 싶은 걸 겨우 참았다. 둘은 하하하하 웃으며 가스등 아래를 지나 여관 안으로 들어갔다.

"어이, 보라구."

"그래."

"왔지?"

"드디어 왔군."

"이제 한시름 놓았네."

"빌어먹을 알랑쇠, 날 보고 의리만 앞세우는 도련님이 어쩌구 하면서 입을 함부로 놀렸겠다?"

"방해꾼은 날 두고 하는 소리고. 예의라곤 눈곱만큼도 없는 놈."

이제 잠복해 있다가 두 사람이 돌아가는 길을 덮치는 일만 남았다. 그런데 이 두 놈이 언제 저 여관을 나설지 알 수가 없다. 고슴도치는 아래층으로 내려가 오늘밤 볼일이 있어 나갈지도 모르니까 문을 열

어두라고 부탁하고 왔다. 지금 생각해보면 여관에서 승낙한 것도 신기한 일이다. 보통 도둑놈으로 오해하기 쉬운데.

지금껏 빨간 셔츠가 나타나길 기다리는 것도 고생스러웠지만, 언제 여관에서 나올지도 모르는 사람을 진득하게 기다리는 일은 더 힘들었다. 잠을 못 자고 시종일관 창틈으로 밖을 주시해야 하는 것도 물론 힘들지만, 아무리 해도 마음이 진정되질 않아서 괴로웠다. 살면서 이렇게 고달팠던 적은 없었다. 이럴 바엔 차라리 여관 안에 들어가 현장을 덮쳐버리자고 말했지만, 고슴도치는 한마디로 내 제안을 묵살해버렸다.

"지금 우리가 뛰어들어 가봤자 난봉꾼으로 몰려 도중에 제지당할 거야. 자초지종을 설명하고 만나게 해달라고 하면 엉뚱한 방으로 안내하든지 없다고 둘러댈 테고, 그러면 그 사이에 도망가버리겠지. 불시에 들이닥친다고 해도 몇십 개나 되는 방 중에서 어디에 있는지도 모르잖아. 좀 지루해도 나올 때까지 기다리는 게 제일 나아."

하는 수 없이 그렇게 하기로 하고 결국엔 새벽 5시까지 기다렸다.

여관에서 나오는 두 사람의 그림자를 보자마자 나와 고슴도치는 곧바로 내려가 뒤를 밟았다. 아직 첫차가 오려면 멀었기 때문에 둘은 성 아래까지 걸어가야 한다. 온천 마을을 벗어나면 100미터 정도 삼나무가 늘어서 있고 그 양옆으로는 논이 펼쳐져 있다. 그곳을 지나면 여기저기 초가지붕이 나오고 밭을 곧장 지나면 성 마을까지 이어지는 둑이 나온다. 마을만 벗어나면 어디서 뒤쫓아도 상관없지만 가능하다면 인가가 없는 삼나무 길에서 붙잡을 생각으로 숨바꼭질하듯 뒤따라갔다. 마을을 벗어나자 거의 뛰다시피 하면서 바람처럼 따라붙었다. 가까이 다가가자 기척을 느끼고 뭐가 있나 싶어서 뒤돌아보는 놈들에게 "거기, 서!" 하고 외치며 어깨를 붙잡았다. 알랑쇠는 당황한 기색을 감추지 못하고 달아날 기세였지만 내가 앞으로 돌아가 앞길을 막아버렸다.

"잘나신 교감 선생님께서 어째서 가도야에서 외박을 하셨습니까?"

고슴도치가 바로 따져 물었다.

"교감은 가도야에 묵으면 안 된다는 규칙이라도 있나?"

빨간 셔츠는 의연한 태도로 정중하게 대답했지만, 얼굴빛이 약간 창백하다.

"학생들의 기강을 바로잡기 위해 교사는 메밀국수 집과 경단집의 출입도 자제해야 한다고 할 정도로 신중하신 분이 어째서 기생과 함께 여관에서 묵을 수가 있습니까?"

나는 어떻게든 틈을 타 도망치려 하는 알랑쇠 앞에 서서 길을 막으며 "얼간이 도련님이라고?" 하며 소리를 쳤다. 그랬더니 뻔뻔스럽게 "아니, 수학 선생을 말한 게 아닙니다. 정말 아닙니다" 하고 변명을 했다. 그런데 문득 정신을 차려보니 내가 두 손으로 내 소맷자락을 꼭 붙잡고 있는 게 아닌가! 뒤쫓을 때 소매 안에 있는 달걀이 깨지면 곤란하니까 양손으로 붙잡고 뛰어온 것이다. 나는 소매 안에서 달걀 두 개를 재빨리 꺼내 "이거나 먹어랏!" 하고 알랑쇠의 얼굴에 내리쳤다. 달걀이 퍽 하고 깨지며 코끝에서 노란 액체가 줄줄 흘러내렸다. 알랑쇠는 어지간히 기겁한 모양으로 으악 소리를 지르며 엉덩방아를 찧더니 살려달라고 빌었다. 나는 달걀을 먹으려고 샀지 던지려고 산 게 아니다. 다만 성격이 너무 불같은 나머지 손이 먼저 나가버리고 말았다. 하지만 알랑쇠가 엉덩방아를 찧는 것을 보니 잘했다는 생각이 들었다. 그래서 "이 빌어먹을 놈, 나쁜 놈" 하면서 남은 달걀 여섯 개를 마구잡이로 던져버렸다. 알랑쇠의 얼굴은 달걀 범벅이 되었다.

내가 달걀을 날리는 동안 고슴도치와 빨간 셔츠는 설전이 한창이었다.

"내가 기생을 데리고 여관에 묵었다는 증거라도 있는가?"

"교감의 단골 기생이 초저녁에 여관으로 들어간 걸 봤지, 누굴 속이려고!"

"속이다니! 나는 요시카와 선생하고 묵었네. 초저녁에 기생이 들어갔든 말든 내가 알 바 아니지."

"닥쳐!!"

화가 난 고슴도치가 주먹을 날렸다. 빨간 셔츠는 비틀거리면서도 말을 이어나갔다.

"이건 폭력이야, 행패라구! 시비를 가리지도 않고 완력을 행사하는 건 무슨 막돼먹은 짓인가."

"그래도 싸."

고슴도치가 다시 주먹을 날렸다.

"네놈처럼 간사한 놈은 흠씬 두들겨 맞아야 정신을 차리지."

고슴도치는 인정사정 볼 것 없이 퍽퍽퍽 때리기 시작했다. 나도 옆에서 알랑쇠를 엉망으로 두들겨 패줬다. 나중에는 둘 다 삼나무 밑동에 웅크리고 앉아 움직이지 못하는 건지 눈이 가물가물해서인지 도망치려고도 하지 않는다.

"이제 됐나? 모자라면 더 때려주지" 하면서 둘이서 또 때렸더니 "제발 그만!" 한다. 알랑쇠에게 "네놈도 맞을 만큼 맞았냐?" 하고 물었더니 "암요, 충분하다마다요" 한다.

"네놈들이 하도 간사하게 구니까 이렇게 천벌을 받는 거다. 맞을 만큼 맞았으니 앞으로는 조심하는 게 좋을 거야. 아무리 교묘한 말재간으로 변명한다 해도 정의는 용서하지 않는다구."

고슴도치의 말에 두 사람 다 잠자코 있다. 어쩌면 입을 열 힘조차 없는지 모른다.

"나는 도망치지도 숨지도 않는다. 오늘밤 5시까지 바닷가에 있는 미나토야 여관에 있을 테니 용무가 남았으면 순경이든 뭐든 불러."

고슴도치가 말하길래 나도 한마디 했다.

"나도 도망가거나 숨지는 않을 거야. 홋타 선생과 같이 있을 테니까 경찰에 신고하고 싶으면 마음대로 해."

그러고는 둘이서 성큼성큼 그 자리를 떠났다.

하숙집에 돌아가니 7시가 조금 안 된 시각이었다. 방에 들어서자마자 짐을 싸기 시작했더니 할머니가 놀라서 "뭔 일이당가요?" 하고 물었다. 할머니에게 도쿄에 가서 색시를 데려오겠다고 하고는 셈을 치르고 바로 기차를 탔다. 미나토야 여관으로 갔더니 고슴도치는 2층에서 자고 있다. 나는 바로 사표를 쓸 생각이었지만 뭐라고 써야 좋을지 몰라서, "개인적인 사정이 있어 사직하고 도쿄로 돌아가고자 하니 부디 허락해주시기 바랍니다"라고 써서 교장 앞으로 편지를 부쳤다.

배는 저녁 6시 출항이다. 고슴도치와 나는 너무 피곤해서 세상 모르게 자다가 오후 2시가 되어서야 눈을 떴다. 하녀에게 순경이 왔냐고 물었더니 오지 않았다고 한다. 빨간 셔츠도 알랑쇠도 신고는 못했구나 하며 둘이서 크게 웃었다.

그날 밤 나와 고슴도치는 이 더러운 땅을 떠났다. 배가 육지에서 멀어지면 멀어질수록 기분이 상쾌했다. 고베에서 도쿄 신바시까지 직행으로 도착했을 때에야 비로소 인간 세상에 나온 기분이 들었다. 고슴도치와는 곧바로 헤어져 아직까지 만날 기회가 없다.

기요 이야기를 잊고 있었다. 나는 도착하자마자 가방을 든 채 하숙집도 들르지 않고 기요를 만나러 갔다. "기요, 나 왔어" 하고 뛰어갔더니 "아이고, 도련님. 빨리 와주셨군요" 하며 눈물을 뚝뚝 흘렸다. 나도 정말 좋아서 "이제 시골에는 가지 않을 거야. 도쿄에서 기요와 함께 살래" 하고 말했다.

그 뒤 어떤 사람의 소개로 철도회사의 기사로 취직했다. 월급은 25엔이고 집세는 6엔이다. 기요는 현관이 딸린 집이 아니라도 더할 나위 없이 만족한 모습이었으나, 딱하게도 올해 2월 폐렴에 걸려 세상을 뜨고 말았다. 죽기 전날 나를 불러 "도련님, 부탁이 있는데 제가 죽거든 도련님이 다니시는 절에 묻어주세요. 무덤 안에서 도련님이 오시기를 즐겁게 기다리겠습니다" 했다. 그래서 기요의 묘는 고비나타의 절 요겐지에 있다.

옮긴이의 말

나쓰메 소세키는 평생 동안 시대 현실을 고민하며 그것을 문학에 담으려 했던 일본 근대문학의 아버지이자 메이지 유신 시대를 대표하는 작가이다. "영국에 셰익스피어가 있다면 일본에는 나쓰메 소세키가 있다"고 할 정도로 전 국민적인 사랑을 받는 인물이기도 하다. 그가 활발히 활동했던 때는 메이지 시대 후반기로, 나쓰메 소세키는 급격한 근대화 과정 속에서 전통적 가치를 잃어가는 사회 현실을 비판적으로 바라보며 그러한 혼란 속에서 갈등하는 개인의 모습에 깊은 관심을 갖고 이를 문학으로 구현하였다.

1906년 《호토토기스》 4월호에 발표된 『도련님』은 근대 문명을 비판했던 나쓰메 소세키의 초기작 중 하나로, 『나는 고양이로소이다』와 함께 대중적 인기와 문단의 주목을 받았다. 나쓰메 소세키는 1893년 도쿄 제국대학을 졸업하고 도쿄 고등사범학교 영어교사로 일했는데 극심한 신경쇠약에 폐결핵까지 겹치는 바람에 이듬해에 사표를 내고 시코쿠로 가게 된다. 『도련님』은 이때 마쓰야마 중학교에서 교사로 재직하며 보냈던 일 년간의 경험을 바탕으로 쓰인 소설이다.

『도련님』은 단순하고 세상 물정 모르는 한 청년의 사회생활 입문기이자 성장담이다. 타협을 모르는 천방지축으로 자라 자신을 인정해주는 사람이라곤 하녀 '기요'뿐인 도련님은 시골 중학교에 부임하면서 다양한 인간 군상들을 접하게 된다. 겉으로는 상냥한 척하면서 자기 이익을 위해서는 물불을 안 가리는 빨간 셔츠, 권력에 빌붙어 아첨하는 알랑쇠, 정직하고 곧은 성품에 늘 당하기만 하는 호박 끝물 선생, 호박 끝물 선생에게 시집가기로 해놓고 마음을 바꾼 마돈나, 장난을 쳐놓고 끝까지 잡아떼는 학생들……. 모든 것을 곧이곧대로 받아들이며 정직하게만 살아온 도련님에게는 도무지 이해가 안 가는 일들뿐이다.

백여 년 전 작품이라고는 믿기지 않을 정도로 시종일관 유머러스하고 속도감 있게 진행되는 이 책은 사실상 근대화의 과정 속에서 자본과 권력을 좇으며 속물적으로 변해가는 일본인들에 대한 해학과 풍자를 담고 있다. 이 작품의 공간적 배경이 되는 시코쿠는 메이지 유신 이후 급속한 서구화 속에서 물질만능주의가 판치던 일본 사회의 축소판이자, 지금 우리 사회의 모습이기도 하다. 도련님이 말했듯, 세상의 많은 사람들이 나쁜 짓을 하도록 부추기고 있고 나쁜 짓을 하지 않으면 사회에서 성공할 수 없다고 믿는 사회, 어쩌다 솔직하고 순수한 사람을 보면 '도련님'이라는 둥 '어린애'라는 둥 하면서 트집을 잡아 경멸하기 바쁜 사회인 것이다.

비열한 무리로 대변되는 빨간 셔츠와 알랑쇠가 혼쭐나면서 현대판 권선징악이 실현되는 듯하지만, 결국 최소한의 도덕적 양심을 지닌 도련님과 고슴도치가 학교를 떠날 수밖에 없는 결말은 순수하고 정의로운 인간이 설 자리를 잃어가는 현실을 묘사한 것 같아 씁쓸하다. 하지만 적당히 타협하고 적당히 밟고 일어서야 한다고 믿는 사회적 분위기 속에서 '도련님'의 캐릭터가 지닌 당당함과 우직함, 그가 보여준 거침없는 언행은 무시할 수 없는 매력으로 다가온다. 어쩌면 나쓰메 소세키는 '도련님'이라는 캐릭터를 통해 혼란스러운 사회 속에서도 개개인이 순수함과 자기다움을 잃지 말기를 바라는 마음을 보여주고자 했는지 모른다.

2013년 5월, 손수정

나쓰메 소세키 연보

1867년	2월 9일(음력 1월 5일), 도쿄 신주쿠 출생. 5남 3녀 중 막내로 본명은 긴노스케. 고물상에 수양아들로 보내졌다가 생가로 돌아옴.
1868년 1세	시오바라 마사노스케의 양자로 입양됨.
1874년 7세	도다소학교 입학.
1876년 9세	양부모의 이혼으로 시오바라 가에 적을 둔 채 생가로 돌아옴. 이치가야소학교로 전학.
1879년 12세	도쿄부립 제1중학교에 입학.
1881년 14세	생모 사망. 도쿄부립 제1중학교를 중퇴하고 니쇼학사에 입학하여 한학을 배움.
1884년 17세	대학예비문 준비과정에 입학하여 영어공부에 열중. 이듬해 예과에 입학.
1886년 19세	대학예비문이 제1고등중학교로 개칭됨. 재학 중 복막염을 앓고 낙제한 후 심기일전하여 졸업할 때까지 수석을 차지함.
1888년 21세	나쓰메 가로 호적을 되돌림. 제1고등중학교 졸업.
1889년 22세	하이쿠 시인인 마사오카 시키와의 교우가 시작됨. 시키의 시문집 『나나쿠사슈』 평을 쓰면서 처음으로 '소세키'라는 필명을 사용함.
1890년 23세	도쿄제국대학 영문과에 입학.
1892년 25세	도쿄전문학교(현재의 와세다 대학교)의 강사가 됨.
1893년 26세	도쿄제국대학 영문과 졸업 후 동 대학원에 입학. 학장의 추천으로 도쿄고등사범학교의 영어교사로 부임.
1895년 28세	시코쿠에 있는 마쓰야마 중학교로 옮김. 후에 이곳에서 겪은 체험담을 가지고 『도련님』을 집필.
1896년 29세	구마모토 제5고등학교로 전임 후 나카네 교코와 결혼.
1897년 30세	부친 사망. 귀경 후 부인이 유산함.
1898년 31세	부인이 신경쇠약으로 자살미수.

1899년 32세 장녀 후데코 출생.

1900년 33세 문부성의 장학금으로 영어연구를 위해 홀로 2년간 영국으로 유학을 떠남.

1901년 34세 차녀 쓰네코 출생. 문학 이론서 『문학론』 집필 구상. 신경쇠약에 시달림.

1903년 36세 귀국 후 제1고등학교 강사와 도쿄제국대학의 영문과 강사를 겸임. 셋째 딸 에이코 출생.

1905년 38세 잡지 《호토토기스》에 『나는 고양이로소이다』를 발표. 원래는 단편이었으나 반응이 좋아서 이듬해 8월까지 장편으로 연재됨. 넷째 딸 아이코 출생.

1906년 39세 『도련님』, 『풀베개』를 발표.

1907년 40세 아사히 신문사에 입사하여 전속 직업 작가로 활동. 6월부터 『양귀비』를 연재. 장남 준이치 출생.

1908년 41세 아사히 신문에 『갱부』, 『문조』, 『열흘 밤의 꿈』, 『산시로』를 차례로 연재. 차남 신로쿠 출생.

1909년 42세 아사히 신문에 『그 후』 연재.

1910년 43세 『문』 탈고 후 위궤양으로 투병. 요양차 갔던 슈젠지 온천에서 위독한 상태에 빠짐. 10월에 귀경하여 재입원. 다섯째 딸 히나코 출생.

1911년 44세 문부성으로부터 문학박사 학위를 수여하겠다는 연락을 받았으나 거절함.

1912년 45세 아사히 신문에 『피안 지날 때까지』, 『행인』 연재.

1914년 47세 아사히 신문에 『마음』 연재.

1915년 48세 아사히 신문에 『유리문 안에서』, 『길 위의 생』 연재. 기쿠치 간, 아쿠타가와 류노스케, 구메 마사오 등이 문하생이 됨.

1916년 49세 『명암』을 집필하던 중 위궤양 악화로 12월 9일 사망.

나쓰메 소세키(夏目漱石, 1867~1916)

1867년 도쿄에서 5남 3녀 중 막내로 태어났다. 본명은 나쓰메 긴노스케. 1890년 도쿄 제국대학 영문과에 입학했고, 3년 뒤 졸업하고 도쿄 고등사범학교에서 학생들을 가르쳤다. 폐결핵과 신경쇠약 증세를 보여 잠시 쉬다가 시코쿠에 있는 마쓰야마 중학교로 옮긴다. 이때의 경험으로 『도련님』이 탄생했다. 1900년 일본 문부성 제1회 국비 유학생으로 선발되어 영국 유학길에 오른다. 셰익스피어 연구가인 윌리엄 크레이그의 지도를 받으며 영문학 연구에 매진하지만 동양인으로서 느끼는 소외감, 생활고 등을 겪으며 신경쇠약에 시달린다. 1903년 일본으로 돌아온 뒤에는 제1고등학교와 도쿄 제국대학에 영문학 강의를 나가며 생활을 꾸려갔다.

서른여덟 살이던 1905년, 마침내 《호토토기스》라는 잡지에 처녀작 『나는 고양이로소이다』를 발표, 호평을 받으며 작가의 길로 들어서게 되었고 이듬해에는 『도련님』, 『풀베개』를 발표하며 주목을 받았다. 1907년부터 아사히 신문사에 전속 직업 작가로 일하면서 『산시로』, 『그 후』, 『피안 지날 때까지』, 『마음』, 『길 위의 생』 등을 발표했다. 『명암』을 집필하던 1916년, 지병인 위궤양이 악화되어 세상을 떠났다. 소설가로서의 삶은 짧았지만, 소세키의 작품들은 일본의 근현대 작가들에게 강력한 영향을 주었다. 1984년부터 2004년까지 20년 동안 1000엔짜리 일본 지폐에 초상이 실릴 정도로 전 국민의 사랑을 받아온 일본의 대표 작가이기도 하다.

옮긴이 손수정

요시모토 바나나의 소설을 원서로 읽고 싶다는 소박하지만 원대한 바람을 품고 일본어 공부를 시작했다. 몇 년간 출판사 편집자로 일하며 책에 빠져 지내다가 일본으로 건너가 본격적으로 번역 공부에 매달렸다. 2011년 동일본대지진을 계기로 도쿄를 탈출, 지금은 한국에서 일본 도서를 한국에 소개하거나 번역하는 일을 하고 있다. 첫 역서가 나쓰메 소세키의 『도련님』이라니, 큰 행운이 아닐 수 없다.